戏外

杨冬儿 著

甄嬛

品古诗词的意境

横笛和愁听
斜技依病看

亦有韵 清极不知寒

中国华侨出版社

图书在版编目(CIP)数据

戏里戏外看甄嬛品古诗词的意境/杨冬儿著. —北京：
中国华侨出版社，2013.11

ISBN 978-7-5113-4274-4

Ⅰ.①戏… Ⅱ.①杨… Ⅲ.①古典诗歌—诗歌研究—
中国 Ⅳ.①I207.22

中国版本图书馆 CIP 数据核字(2013)第 284414 号

●戏里戏外看甄嬛品古诗词的意境

著　　者/杨冬儿

出 版 人/方　鸣

策划编辑/周耿茜

责任编辑/文　喆

责任校对/王京燕

装帧设计/玩瞳装帧

经　　销/全国新华书店

开　　本/880 毫米×1230 毫米　1/32　印张/8　字数/200 千字

印　　刷/北京中印联印务有限公司

版　　次/2014 年 1 月第 1 版　2014 年 1 月第 1 次印刷

书　　号/ISBN 978-7-5113-4274-4

定　　价/26.80 元

中国华侨出版社　北京市朝阳区静安里 26 号通成达大厦 3 层　邮编:100028

法律顾问:陈鹰律师事务所

编辑部:(010)64443056　64443979

发行部:(010)64443051　传真:(010)64439708

网　址:www.oveaschin.com

E-mail:oveaschin@sina.com

自序　戏里戏外看甄嬛品古诗词的意境

一部《后宫·甄嬛传》几乎如一阵曼妙春风，一夜之间几近形成横扫全民之势。性格鲜明的故事人物、细腻入微的细节描写、环环相扣的情节，将后宫醋海扬波、暗涌争斗呈现于当代人们的日常生活中，一时之间风生水起。

自古后宫就是一座弥漫危机的围城，从来后宫的这一切就在你我的身边。每个人的心中都有一个"甄嬛"，或纯真，或坚强，或果敢，或细腻，或有才情……但不管是谁，只要你愿意，只要你能将自己的心放空、安静下来，细细端详，你都能在《甄嬛传》中找到一个与自己性格、遭遇、身份背景极为相似的人物角色。

在我国的四种文学体裁诗歌、小说、散文、戏剧文学中，以小说的包容性最强，小说中不可或缺的一部分是古典诗词。相对于现代小说和西方小说而言，将大量的古典诗词穿插于中国古代小说作品中，也就使得中国古代小说具备了鲜明的个性特色。小说中大量地引用古典诗词，不仅生动形象地体现了古典诗词的意境和风韵，而且使小说变得更加雅俗共赏、意趣横生。小说中运用的古典诗词，对于叙述作品故事情节、深化主题思想、塑造人物形象、刻画人物性格、暗示人物命运、丰富作品内涵、提高小说的地位等也起到了很大的作用。

《后宫·甄嬛传》的原著作者流潋紫对古诗词颇有研究，她在小说和电视剧中都大量使用了经典诗句，让观众读者叹为观止。

倚梅园里初次相遇的一句"逆风如解意，容易莫摧残"，让皇帝夜游倚梅园顿时恍了神以为自己又遇见了纯元。阴差阳错间致使余氏因为甄嬛而被看中后又因为甄嬛倒台，而甄嬛也是成也纯元败也纯元。

万事皆有因果循环。那未曾说出口的"愿得一心人，白首不相离"本是甄嬛最真切的所愿，却偏偏咽在喉咙之间穷尽一生永不见天日。

"杏花疏影里，吹笛到天明。"

那日杏花微雨，他谎称自己是"果郡王"，处处留意只是为让她相信自己的存在。然而开篇的美好终究难耐结尾让人唏嘘的"雨潇潇兮洞庭，烟霏霏兮黄陵，望夫君兮不来，波渺渺而难升"。

他不来，她内心苦闷，弹着《湘妃怨》。《湘妃怨》，旧时宫中女子的爱恨，从来都不能太着痕迹。更何况是怨。"我有什么好怨的，还不是我自己要他去的"。一墙之外，他在碎玉轩宫门口驻足，叹息聆听。"分明曲里愁云雨，似道萧萧郎不归，朕不在，她心里难过。"只这短短一句感悟便已足够。

然而随着时间的推移，故事的发展，陵容陷害，华妃刁难，甄嬛流产失宠，在长街受辱。从那一刻开始起，甄嬛才领悟到，后宫的争斗不是她想躲就能躲得了的，越弱势就越让人欺凌。

后来甄嬛终于用计扳倒华妃，却旋即被皇后算计，惨烈出宫。"朱弦断，明镜缺，朝露晞，芳时歇，白头吟，伤离别，努力加餐勿念妾，锦水汤汤，与君长诀！"此时已然对皇帝心如死灰。

甄嬛如此的一生有喜有悲、有起有落，每一次的变迁都充满诗意。也许，终了一生，当甄嬛以无比荣耀的身份载入史册，但在她

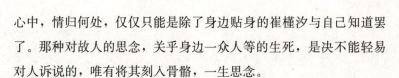

心中，情归何处，仅仅只能是除了身边贴身的崔槿汐与自己知道罢了。那种对故人的思念，关乎身边一众人等的生死，是决不能轻易对人诉说的，唯有将其刻入骨骼，一生思念。

然，此生爱过，永不言悔！

《后宫·甄嬛传》的整个故事，从人物到景致，从情节到细节，都暗藏诗意。

细细寻觅藏在那字里行间唐宋风韵、古言风采，每一首诗都因为《甄嬛传》而韵味更浓，每一阙词，都因为《甄嬛传》而隐喻深深。

看《甄嬛传》品古诗词的戏境，且让今夜忘情，安然沉溺在书香戏韵之中。

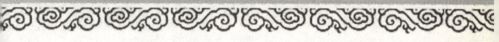

目　录

嬛嬛一袅楚宫腰，那更春来，玉减香消

一剪梅·堆枕乌云堕翠翘

——（宋）蔡伸

堆枕乌云堕翠翘一。午梦惊回，满眼春娇。

嬛嬛二一袅三楚宫腰四，那更春来，玉减香消。

柳下朱门五傍小桥。几度红窗，误认鸣镳六。

断肠风月可怜宵。忍使恹恹七，两处无聊。

【注释】

一、翠翘：古代妇人首饰的一种，状似翠鸟尾上的长羽，故名。

二、嬛嬛：轻柔妩媚。

三、袅：指体态优美的样子。

四、楚宫腰：楚灵王喜欢细腰之士（士指处在贵族阶级之下，平民之上的一个低级贵族群体），全国之士皆变三餐为一餐，为博得君王一笑。此时有"当权者的爱好引导时尚潮流"的比喻。意义至东汉时马援的儿子马廖上表马太后时"楚王好细腰，宫中多饿人"，将意思大转变，自此后所指对象转为女子。而仅用来形容女

性细小的腰身。

五、朱门：古时王公贵族的大门漆成红色以示尊异，古以"朱门"为贵族邸第的代称。

六、鸣镳：马衔铁，此指乘骑。

七、恹恹：忧愁、憔悴的样子。

【语译】

长长的黑发盘绕在枕上，如同乌云一般的艳丽。发间的翠翘经不起辗转反侧也已经歪落。午睡间突然被惊醒，望着窗棂之外的满眼春色，姹紫嫣红、温红软绿。无端惹起满心忧伤，想起自己短暂而弥足珍贵的青春，都道女子柔媚娇弱、弱柳扶风，哪里能经得起春复一春的岁月煎熬？只怕有朝一日年岁消逝，人老珠黄玉减香消。

多希望此刻有良人作伴，陪于身畔，才不辜负了眼前稍纵即逝的好春光。奈何柳树下的红门伴着小桥，默默无语，多少次等到天色渐暗，点上的蜡烛映红了窗子，多少次误以为是他打马经过。风花雪月可怜无尽长宵，女子只能忍着萎靡的样子，形单影只与追忆为伴。

【从诗词看甄嬛】

初初的金銮殿上，莺歌燕舞、姹紫嫣红之间，一句"嬛嬛一袅楚宫腰"的词句，让皇帝自此记住了薄施粉黛、一身浅绿的吏部侍郎之女——甄嬛。亦将宋朝的友古居士——蔡伸拉进人们的记忆之中。

蔡伸，字伸道，号友古居士，福建莆田人，宋朝大书法家——蔡襄的孙子。《宋史翼》有传："伸少有文名，擅书法，得祖襄笔

意。工词，与向子諲同官彭城漕属，屡有酬赠。有《友古居士词》一卷，存词一百七十五首。"嬛嬛一袅楚宫腰"的句子便出自于他的一首《一剪梅》。

犹记得那一时刻，甄嬛蛾首低垂，脱口而出的一句："蔡伸词：嬛嬛一袅楚宫腰。正是臣女闺名。"顿时之间皇帝只觉得眼前一阵和风轻拂，云卷霞飞。

嬛嬛袅袅，婀娜如柳，盈盈舞之，柔不胜数。这是何等香艳撩人的句子啊。自古以来，女子的纤纤细腰，最是令男人眷恋不止的，古人多用"蜂腰"、"蟊腰"来作形容。

试想一下这样的场景吧：花好月圆之夜，美酒佳肴、绮丽高台，佳人缓缓扭动着她的蜂腰，仪态万千……

那样的韵味，如同月宫仙女下凡尘，又如悠悠弱柳弄春风，怎能不让人心生绮念？

彼时，若换成别的人物角色在金銮殿上给出这样一句吟诵，你当会认为她是在故作卖弄，想要引起皇帝与众人的注意。但对于甄嬛而言，吟诵诗句仅仅只是她习惯使然的脱口而出，相比于其他精心打扮、满心期待能雀屏中选的佳丽们，甄嬛的心中所想却偏偏与之背道而驰。

从故事的一开始，她就这样袒露了自己的内心："这场选秀对我的意义并不大，我只不过来转一圈充个数便回去。我甄嬛一定要嫁这世间上最好的男儿……皇帝坐拥天下，却未必是我心中认可的最好的男儿。"所以，既然无心任之随意，是再自然不过的事情了。

只是当事人不知的是，这样的无心却更加将她自己推上高台，如一股清新的春风，涤荡着皇帝的一倾心扉。

古时的朝代讲究"女子无才便是德"，与今日的理念是大相径庭、截然不同的，那个时节，一个大家闺秀如果整日里将诗词歌

赋、风花雪月悬在口中，可是会被误认为"德行有亏"的。却难料这样一句妖娆艳丽的"缦缦一袅楚宫腰"，让皇帝的眼前一亮，亦让甄嬛事与愿违，从此如出水芙蓉一般踱着纤纤细步，在红墙绿瓦的深宫中沉溺不止。

蔡伸这首《一剪梅》中描绘的女子出身富贵之家，容色憔悴并非是缺乏物质享受之故，而是为情所苦。随着故事的进一步推进，当甄嬛以无比荣耀的身份载入史册，但在她的一生之中，恩怨纠缠、情归何处，仅仅只能是除了身边贴身的崔槿汐与自己知道罢了。某些故人与往事的真相，关乎身边一众人等的生死，是决不能轻易对人诉说的，唯有将其刻入骨骼，一生思念。

"物是人非事事休"绿树、红门、小桥流水，景色依旧，只是良人不再，无尽长宵，惦念不休。得到了一切，却失去了你，徒留我一人在这浑浊不堪的尘世沉沦，是如何的一份难以用语言、用文字表达的苦楚啊！我宁愿这一切从没有发生过，我只是我，你只是你，或许你我一生厮守永不分离，或许你我天各一方，素昧平生！

蔡伸的一阕词，未想竟成了对甄嬛一生的最贴切写照，顶着绝色的仪容在富贵乡里纠缠争斗，到头来也只能忍着萎靡的样子，形单影只与追忆为伴。

命运对这个端丽聪颖的女子是何等的残酷！

从此萧郎是路人

赠　婢

——（唐）崔郊

公子王孙逐后尘^一，绿珠^二垂泪滴罗巾。

侯门^三一入深似海，从此萧郎^四是路人。

【注释】

一、后尘：后面扬起来的尘土。指公子王孙争相追求的情景。

二、绿珠：西晋富豪石崇的宠妾，非常漂亮，这里喻指被人夺走的婢女。

三、侯门：指权豪势要之家。

四、萧郎：诗词中习用语，泛指女子所爱恋的男子。这里是作者自谓。

【语译】

权贵人家的公子王孙像狂蜂浪蝶般竞相争逐着美丽的佳人，昔年的绿珠便因此泪湿罗巾、堕楼而亡。你已走进显贵人家那座幽深似海如牢笼般的门墙，从此，我对你而言，只是一个素不相识的陌

路之人罢了。

【从诗词看甄嬛】

唐末范摅所撰笔记《云溪友议》中记载了这样一个故事：元和年间秀才崔郊的姑母家中有一婢女，生得姿容秀丽，先与崔郊互相爱恋，后却被卖给显贵于頔。崔郊念念不忘，思慕无已。一次寒食，婢女在偶然的一次外出中与崔郊重逢，崔郊百感交集，写下了这首《赠婢》。

"你的美丽，导致他们都像狂蜂浪蝶般地追逐着你不肯停歇。"他用侧面烘托的手法，通过对"公子王孙"争相追求的描写，突出了梦中伊人的美丽容貌。"却不知道当年的绿珠便是因此而伤心断肠、泪湿罗巾。"

秀才崔郊的情人被权贵王孙于頔看中而买走了，兴许因为身份悬殊的关系，他没有在现实中公然指责于頔夺其所爱，而是在《赠婢》诗中，通过"绿珠"这个典故的运用来曲折表达自己心中的忿忿不平，在看似平淡客观的叙述中巧妙地透露出自己对于頔的不满，对情人的爱怜同情，写得含蓄委婉，不露痕迹。

"绿珠"是谁？她原本是西晋富豪石崇的宠妾，传说她"美而艳，善吹笛"。赵王伦专权时，他手下的孙秀倚仗权势指名向石崇索取，遭到石崇拒绝。石崇因此被收下狱，绿珠为自己与郎君的遭遇悲愤万分，却又碍于孙秀一众人的权势而求助无门。在流落无数伤心泪滴之后，她毅然决定守身如玉，以死殉情。于是她毫不犹豫地纵身一跃，如一片凋零的叶子一般坠入尘埃，用自己的坚贞，谱写了一曲咏叹调。

绿珠的一生为石崇而生，亦为石崇而死。

在情感问题上，实初哥哥和崔郊虽然身处不同的朝代，却有着

同样悲痛的遭遇，一个的情敌是王孙权贵，而另一个的情敌则是当今圣上、一朝天子！

面对眼前实力雄厚的强大情敌，这两个可怜的男人只能选择默默地承受着这种无法言喻的痛楚，敢怒而不敢言。着实有"同是天涯沦落人，相逢何必曾相识"的愤慨，若是真能穿越时空，让他们两位相遇，我想他们必定会视对方为知己，借酒消愁、共醉街头的吧！

侯门一入深似海，从此萧郎是路人。

"侯门"指权豪势要之家。"萧郎"是诗词中习用语，泛指女子所爱恋的男子，此处是崔郊自谓。这两句没有将矛头明显指向造成他与爱人分离隔绝的"侯门"一族，倒好像是在要求、劝说女子一旦进了侯门，就务必要把他这个旧时的情郎视为陌路之人，不要再多做留恋和牵挂。

你就将我看做路人一个吧。爱情之外，你我再无任何的交集，你向左，我向右，缓缓走远，不要回头。我可以无声地握紧自己的双手，就像往日牵着你的手一般，眼泪自己流淌，哪怕回忆汹涌，我可以尽量装作平静而淡定。从此我的生命中只有秋天的萧索与冬天的寒冷，春天的艳丽与夏天的快乐，全由你带走。

因为已经知道了前面的故事，所以对崔郊在诗中埋藏的真正讽意当然就不难明白了，他之所以要这样写，一则切合《赠婢》的口吻，也便于他表达自己此刻哀怨痛苦的心情，更可以使全诗风格保持和谐一致，突出它含蓄蕴藉的特点。崔郊诗中从侯门"深似海"的形象比喻，从"一入"、"从此"两个关联词语所表达的语气中透露出来的深沉的绝望，比那种直露的抒情更哀感动人，令人为之同情动容。

俩男人的故事，到了这里就开始各自出现戏剧性的转折了。

戏里戏外 看甄嬛 品古诗词的意境

相对于温实初而言，崔郊还是比较幸运的，因为后来显贵于頔读到了他写的这首诗，深受感动，竟然做出了"君子不夺人所爱"的豪举，让崔郊把婢女领去，让有情人终成眷属，从此传为诗坛佳话。

温实初就没有那么走运了，尽管他心中有一百个不舍，最终还是只能眼睁睁地看着自己的"嬛妹妹"成为皇上新晋的"莞贵人"，只能怀着万分悲痛的心情提笔在芙蓉红的花笺上写下了"兄弟"崔郊的这首《赠婢》，寄予甄嬛。

"从此以后，红尘漫漫，我们只能各自安好了，纵有万般不舍，也只能成为陌路，但这份牵挂，我却会将它深藏在心中，我愿在你的身后，化作一棵默默的大树、一轮默默的月亮甚至是一个默默的路人静静地守候着你，只要你快乐安好，便是我最大的幸福。"

实初哥哥以花笺背面上的那滴泪痕，向他的"嬛妹妹"表明自己的心迹。"路人"一词，在实初哥哥的角度上，是别有一番深意的。只可惜他并不真正了解"嬛妹妹"的想法。他不知道对于自己，嬛妹妹的心是冷静的："温实初实在不是我内心所想的人。我不能因为不想入选便随便把自己嫁了。人生若只有入宫和嫁温实初这两条路，我情愿入宫。至少不用对着温实初这样一个自幼相熟又不喜欢的男子，与他白首偕老，做一对不欢喜也不生分的夫妻，庸碌一生。"

忘了提醒，这世上还有一种微妙而无奈的情愫叫做"落花有意，流水无情"，事已至此，一切皆以有了定局。

整整一部《甄嬛传》中，用"路人"这个词来形容温实初，实在是再贴切不过的事情了。只是"路人"也好，"萧郎"也罢，温实初放不下的，始终是心中那一份对嬛妹妹的眷念。往后的所有事，都将证明，温实初实在是莞贵人的一个"路人"，且是一个"执着的路人"！

朔风如解意，容易莫摧残

梅　花

——（唐）崔道融

数萼初含雪，孤标画本难。

香中别有韵，清极不知寒。

横笛和愁听，斜枝倚病看。

朔风ᐧ如解意，容易ᐧ莫摧残。

【注释】

一、朔风：即北风，阮籍有诗云："朔风厉严寒，阴气下微霜。"

二、容易：这里作轻、易讲。

【语译】

寒冬，园中有梅花凌寒初放，含苞的花萼中还含着昨宵肆虐的白雪；凝望着傲雪吟霜的梅花，突感它是如此的孤高清丽、与众不同，即使有心要其描入画中，都会惶恐难以将它神韵画入其中。

寒风袭过，一阵别有韵致的梅花香气袭人而来，清雅得让人闻

之便悠然忘却了冬天的寒冷。

望着眼前这株枝干横斜错落的梅花，突然担忧它是不是生病了，还是心中隐藏着什么无人知晓的忧愁呢？唉，匆匆而来的北风啊，如果你能够懂得梅花的心意，就请手下留情，轻轻地绕过它，不要再摧残它了。

【从诗词看甄嬛】

每谈及崔道融的这首咏梅诗，人们总爱用"冷"、"清"、"愁"、"苦"这四个字来作概括。所有情愫，皆出寂寞。人无伴，心亦无寄。偶见之"数萼"梅花，恋恋不已，却无"大地春回"的欢乐，只因心间的孤寒不因人间的"寒暑"而迁移。

每谈及甄嬛，我总是最为留恋初入皇宫，大年夜在倚梅园中挂小像，并对着白雪红梅，吟诵"朔风如解意，容易莫摧残"时的她。

甄嬛初入宫时，深恐自己若是得宠，容易招人所害，故而装病避宠，温实初竭尽全力的帮忙，终让她称病了大半年无人发现，在皇宫之中过了一阵清闲安逸的日子。

只是，这样的日子固然安逸，却未必是最好的皈依。

后宫之中历来就是一个纷争永远无法稍作停顿的场所，在这里，为了巩固自身的政治地位并长保富贵，妃嫔与妃嫔之间再自然不过的会因为一个皇上而争得死去活来，主子有主子的争斗，主子后面跟着的奴才，自然也会因为主子的富贵荣辱而斗个不停，那可是八仙过海各显神通。身在其中，你不得不跟着一起作动，倘若你不跟着潮流作动，那你便会因此而遭受到挤兑与冷落。

甄嬛这大半年的久病拖沓，让大家渐渐意识到她这样一个久病不愈的嫔妃，即使貌若天仙也是无法得见圣颜的，更不要说承恩获

宠了！

于是宫中那些趋炎附势的人们也就只得另觅高枝攀附而去了，棠梨宫前庭院冷落、门可罗雀其实也是非常正常的事情了。这样一来，甄嬛的境况竟当真和崔道融的咏梅诗中透露的"冷"、"清"、"愁"、"苦"四大境界格外相似了。

数萼初含雪，孤标画本难。

只是"数萼"，方显冷清。诗人家中必无高朋满座。无朋无友，遗我一人，隐隐花开，淡淡看来。在诗坛众多的咏梅诗中，林逋《山园小梅》云："众芳摇落独暄妍，占尽风情向小园。疏影横斜水清浅，暗香浮动月黄昏。"齐己《早梅》云："万木冻欲折，孤根暖独回。前村深雪里，昨夜一枝开。"此二者皆是"暖"景，何等的热闹，独不似崔道融咏梅诗的"冷清"。

"香中别有韵，清极不知寒。"先写花形，复写花香。关于这一点齐己的《早梅》诗和林逋的《山园小梅》诗也与之如出一辙。

齐己在他诗中吟道："风递幽香出，禽窃素艳来。"林逋在他诗中也吟道："霜禽欲下先偷眼，粉蝶如知合断魂。"三者意境则各不相同。

崔道融的诗"清"。香为"清"香，以"清"替"寒"。齐己的诗虽有一"幽"字，其境不觉其"幽"，唯觉流畅而已。林逋诗着重一个"趣"字，所谓文人雅事此般趣"味"则是。

前四句描写了几枝梅花初绽乍放，洁白如雪。虽有孤高绝俗的神韵，但却不能淋漓尽致地表现于画中。它素雅高洁，不畏寒霜，淡淡的香气中蕴含着铮铮气韵。

此时的甄嬛，正如诗中的红梅，悄然绽放于深宫别院之中，素雅高洁，聪颖敏捷，不畏权势。

横笛和愁听，斜枝倚病看。

此句"愁"。于花香之后,写花事。李益《从军北征》云:"天山雪后海风寒,横笛遍吹行路难。"律然《落梅》云:"不须横管吹江郭,最惜空枝冷夕曛。""横笛"是特指,故"和愁听"。齐己诗无此写人之句。林逋诗云:"幸有微吟可相狎,不须檀板共金樽。"不离其雅"趣"。

朔风如解意,容易莫摧残。

此句"苦"。"苦"苦哀求之意。唯此相慰,不忍见其凋残。此写花"愿"。齐己诗云:"明年如应律,先发望春台。"就花写花,不似崔诗化人入花,其情深切。林逋诗至上句已毕。

后四句重在抒情。笛声是最易引起人之愁思的。古人所谓"愁人不愿听,自到枕边来",何况笛声中更有《梅花落》之曲,因而这横玉声中很容易引起人借花惆怅之情。诗人病躯独倚,在一片寒香混着笛声的景象中,诗人隐隐动了徘恻之心:北风如果理解我怜梅之意千万不要轻易予以摧残,让它多开些时间吧。

崔道融四句诗,"冷"、"清"、"愁"、"苦",皆出寂寞。人无伴,心亦无寄。偶见之"数萼"梅花,恋恋不已,却无"大地春回"的欢乐。只因心间的孤寒不因人间的"寒暑"而迁移。律然《落梅》全诗云:"和风和雨点苔纹,漠漠残香静里闻。林下积来全似雪,岭头飞去半为云。不须横管吹江郭,最惜空枝冷夕曛。回首孤山山下路,霜禽粉蝶任纷纷。"意境与崔诗较近。然此为"落梅",正当有"叹惋"之意。崔道融写初发之梅,清寒远甚于此,可想见其人之"寂寞"何等之深。

初入宫时的甄嬛,虽身为"贵人",但她的心思未经沧桑,却仍保持着浪漫的少女情怀,所以,当她在本应团圆的除夕之夜,与家人分离,独自置身于深宫别院之中,见到那一株怒放的红梅,自然感觉分外的安慰与惊喜,所以她借以梅花,求"朔风"不要相加

摧残，任其能安然绽放，这样的情怀，其实是极为美好的。后来的余氏为了蒙宠，也学着甄嬛吟诵这两句诗句，与之相比，就实在是大有"东施效颦"之嫌，让人不齿了。

杏花天影

杏花天影

——（南宋）姜夔

丙午之冬，发沔口。丁未正月二日，道金陵。

北望淮、楚，风日清淑，小舟挂席，容与波上。

绿丝低拂鸳鸯浦，想桃叶，当时唤渡。

又将愁眼与春风，待去，倚兰桡更少驻。

金陵路，莺吟燕舞。算潮水￣知人最苦。

满汀芳草不成归，日暮，更移舟向甚处？

【注释】

一、"潮水"：引李益诗"早知潮有信，嫁与弄潮儿"。这里指相思之苦。

【语译】

鸳鸯浦口，绿柳丝条低垂飘逸，我想起桃叶，她曾呼唤小舟摆渡。杨柳又将含愁的柳眼送与春风，我正待扬帆上路。倚着木兰船

桨，又泊舟稍作停驻。金陵的道路，处处有莺歌燕舞。我想那无情的潮水，知道我心情最苦。芳草长满汀洲，归去合肥的打算尚未成行，此刻已黄昏日暮。重新移舟漂泊，何处是归宿？

【从诗词看甄嬛】

《杏花天影》选自南宋词人、音乐家姜夔的《白石道人歌曲》。该书收词八十首，其中十七首带有曲谱，如：《扬州慢》、《杏花天影》等。这些歌曲是姜夔一生创作的精华，为后人留下了可资研考、演唱的丰厚遗产。

《杏花天影》以写景、咏物及叹息身世飘零为基调，情调感伤，同时也折射了对国家命运和现实的关心。姜夔在 1186 年冬天乘船由沔口出发，于 1187 年初路过金陵，泊于秦淮河上。此时的他怀想起东晋王献之和桃叶的恋爱故事，看着眼前桃叶渡的春景，联想到自己漂泊的生活，心中不禁生发出感伤的愁思，于是写下了这不朽的传世之作。

三四月里太液池风光正好，垂杨碧柳、鹅黄翠绿，千丝万缕的绿玉丝绦随风翩跹，绿柳红花春光无限。正是这一刻的美景，造就了甄嬛的良辰。

"杏花疏影里，吹箫到天明。"甄嬛与皇帝的初遇，便是在《杏花天影》的韵律中完成的。

这阕词分为上、下阕，每阕四句。上阕第一句"咏物"：节律上突出了"绿"、"拂"、"浦"三字，旋律作连续向上的大跳后回落，表达了作者感触金陵春色之后内心的激越之情。第二句"借古喻今"：借王献之作歌送桃叶的典故，以喻自身，曲调是对前句的变化模仿。第三句"移情"：与首句的"绿丝"相呼应，用"愁眼"以对"春风"来抒发内心的苦闷与忧郁。在曲调上节律紧缩，落音

有变，调式很不稳定，音乐情绪激动。第四句"纵情"：感情细腻而婉转，波折顿生。情势上是"待去"，行动上为"少驻"，将其心痴意苦、情深思切之感，表现得淋漓尽致。曲调则是以上扬为主，与首句的旋律在节奏上得以呼应，在方向上形成了倒影的关系，落于主音。

下阕第一句看到"金陵路"上的"莺吟燕舞"，想起秦淮佳丽的妙舞清歌，其曲调与上阕第一句差异较大，以上扬为主，停落在主音上。第二句急转直下，唯潮水能知其内心"最苦"处，曲调与上阕第二句完全相同，形成了段落之间的呼应。第三句借"满汀芳草"，抒发了离散之愁和漂泊之苦，曲调也取上阕第三句。第四句则是全曲感情的升华，天已向晚，暮色已近，今宵"移舟"何处？孤寂、郁闷之情油然而生。无限痛楚，倾注于词意转折之中，神情刻画之内。发问道：此恨谁知，此情谁诉？

作品在追忆昔日缠绵悱恻的真情实感的同时，从曲调形态及风格上感叹了自己身世的飘零和情场的失意，也影射了南宋时中原山河破碎而统治者偏安一隅的社会现实。其创作技巧在格律、旋法、结构、调式转换等方面都做过精心安排，形成一种独特的抒情风格，富有激情与活力。

甄嬛一曲箫声，将一阕《杏花天影》表达得流雪回风、清丽幽婉，一曲终了，让假冒"果郡王"的皇帝默然出神。

箫声含情，竟也当起了月老红娘，无意间，竟让皇帝找到了与故去的纯元皇后一样喜欢吹箫的甄嬛，良人顾，一笑误终身。因缘际会亦如《杏花天影》一般的美妙。

东风袅袅泛崇光

海棠一

——（宋）苏轼

东风二袅袅三泛崇光四，香雾空蒙月转廊五。
只恐六夜深花睡去，故烧高烛照红妆七。

【注释】

一、海棠：昔明皇召贵妃同宴，而妃宿酒未醒，帝曰："海棠睡未足也。"此诗戏之。

二、东风：春风。

三、袅袅：微风轻轻吹拂的样子。

四、崇光：指高贵华美的光泽。

五、月转廊：明月转过了回廊，找不到海棠花。

六、恐：担心。

七、红妆：用美女比海棠。

【语译】

之一：在淡淡的月光下，春风轻轻的，花香弥漫的雾气中，月

亮在不经意中转过了厅廊。我恐怕夜深时分花儿就凋谢了，于是燃起高高的烛火以观赏这海棠花的娇艳风姿。

之二：袅袅的东风吹动了淡淡的云彩，露出了月亮，月光也是淡淡的。花朵的香气融在朦胧的雾里，而月亮已经移过了院中的回廊。由于只是害怕在这深夜时分，花儿就会凋谢，因此燃着高高的蜡烛，不肯错过欣赏这海棠盛开的时机。

【从诗词看甄嬛】

这首绝句写于宋元丰三年（公元 1080 年），苏轼被贬黄州（今湖北黄冈）期间。前两句写环境，后两句写爱花心事，题为"海棠"。选自《集注分类东坡先生》。

某一个闲暇的冬日，甄嬛在宫中与众位姐妹抽花签儿解闷，便抽到了这支海棠签。

东风袅袅泛崇光，香雾空蒙月转廊。

开门见山地托出春风和海棠花、明月和回廊。"东风袅袅"形容春风的吹拂之态，化用了《楚辞·九歌·湘夫人》中的"袅袅兮秋风"之句。通过描写东风吹绽了满树绚烂的花朵，来点明时令。"崇光"是指正在增长的春光，一个"泛"字，活写出春意的暖融，这为海棠的盛开造势。次句侧写海棠，"香雾空蒙"写海棠阵阵幽香在氤氲的雾气中弥漫开来，沁人心脾。"月转廊"，月亮已转过回廊那边去了，照不到这海棠花；暗示夜已深，人无寐，当然你也可从中读出一层隐喻：处江湖之僻远，不遇君王恩宠。

只恐夜深花睡去，故烧高烛照红妆。

这一句写得痴绝，是全诗的关键句。此句笔锋一转，写赏花者的心态。当月光再也照不到海棠的芳容时，诗人顿生满心怜意：海棠如此芳华灿烂，怎忍心让它独自栖身于昏昧幽暗之中呢？这蓄积

了一季的努力而悄然盛放的花儿，居然无人欣赏，岂不让它太伤心失望了吗？夜阑人静，孤寂满怀的诗人，自然无法成眠；花儿孤寂、冷清得想睡去，那诗人如何独自打发这漫漫长夜？不成，能够倾听花开的声音的，只有"我"；能够陪"我"永夜心灵散步的，只有这寂寞的海棠！一个"恐"写出了"我"不堪孤独寂寞的煎熬而生出的担忧、惊怯之情，也暗藏了"我"欲与花共度良宵的执着。一个"只"字极化了爱花人的痴情，现在他满心里只有这花儿璀璨的笑靥，其余的种种不快都可暂且一笔勾销了：这是一种"忘我"、"无我"的超然境界。

末句更进一层将爱花的感情提升到一个极点。"故"照应上文的"只恐"二字，含有特意而为的意思，表现了诗人对海棠的情有独钟。此句运用唐玄宗以杨贵妃醉貌为"海棠睡未足"的典故，转而以花喻人，点化入咏，浑然无迹。"烧高烛"遥承上文的"月转廊"，这是一处精彩的对比，月光似乎也嫉妒这怒放的海棠的明艳了，那般刻薄寡恩，不肯给她一方展现姿色的舞台；那就用高烧的红烛，为她驱除这长夜的黑暗吧！此处隐约可见诗人的天真与可爱。"照红妆"呼应前句的"花睡去"三字，极写海棠的娇艳妖媚。末"烧"、"照"两字表面上都写"我"对花的喜爱与呵护，其实也不禁流露出些许贬居生活的郁郁寡欢。他想在"玩物"（赏花）中获得对痛苦的超脱，哪怕这只是片刻的超脱也好。虽然花儿盛开了，就向衰败迈进了一步，尽管高蹈的精神之花毕竟远离了现实的土壤，但他想过这种我行我素、自得其乐的生活的积极心态，又有谁可以阻挠呢？

每一种事物的开始，都是格外单纯简洁的。只是慢慢经过时间的消磨，岁月的熏陶而改变了本来的色彩。故事一开始的甄嬛和世间许多平凡少女一样，对自己未来的爱情充满着"愿得一心人，白

戏里戏外 看甄嬛 品古诗词的意境

首不相离"的美好憧憬。只是造物弄人，当她势必要选秀进宫时，就已经铸就了她终究要埋葬掉自己对爱情的幻想，甚至最终牺牲掉自己的真挚的爱情、幸福以及一生的自由。在一番漫长而又残酷的后宫"历练"之后，她开始变得心狠手辣，终究她还是变了，变得心事重重、变得深沉冷酷。她终究不再是往日那个纯洁明丽如海棠的女子了。

百花争艳，争不过花开有期；机关算尽，算不尽君恩薄情。君主的宠并不等于君主的爱，甄嬛终于变成了宠妃，她以为，他就是与她"执子之手，与子偕老"之人。甄嬛付出了爱，她以为她的四郎爱的是甄嬛，她以为他梦中叫的"宛宛"是因为她的封号是"莞"。又怎能料到这一切竟全是镜花水月，在四郎心中，她终不是纯元，她永远只是一个影子罢了。

"替身"，令甄嬛最痛心的一个词汇，本以为与皇上是两情相悦，她对他付出了十分的爱，到头了，她得到的一切全是因为与纯元皇后有几分相似。"能有几分长得像宛宛是你的福气！"这句话就像一把利剑刺入了甄嬛的心，她的心碎了，不，是没了，她什么都没有，甄家一族在前朝也遭到了小人的算计，她只能呐喊："这究竟是我的福还是我的孽！"

甄嬛，一朵娇艳欲滴的海棠花，从一个小小的贵人到最后的皇太后，这一路坎坷，不见一帆风顺，几经生离死别，盼长相思，望长相守，却空留琴与笛。合欢花开花落，长相忆，忆当年，岁月静好，温和从容。

冰冷的凤座终归是属于胜利者的，只是为这胜利付出的代价却是格外惨重的，当甄嬛终于战斗到了最后，她没有胜利的喜悦，只有孤独的冰冷，甚至漫漫寒夜，再没有人来与她分享这来之不易的"胜利"了。

以色事他人，能得几时好

妾薄命
——（唐）李白

汉帝重阿娇，贮之黄金屋。

咳唾落九天，随风生珠玉。

宠[一]极爱还歇，妒深情却疏。

长门一步地，不肯暂回车。

雨落不上天，水覆难再[二]收。

君情与妾意，各自东西流。

昔日芙蓉花，今成断根草。

以色事他人，能得几时好？

【注释】

一、宠：指重。

二、难再：指重难。

【语译】

汉武帝宠幸女子阿娇，用黄金造房屋供其居住。情浓之时，阿

娇轻咳一下啐出唾液像是从九重天随风落下，变成玉珠一般。得宠至极还怕失去，只顾娇妒却疏忽了情感。幽居于长门宫内，虽与皇帝相隔一步之远，但咫尺天涯，宫车不肯暂回。落下的雨滴不能再回到天上，泼出的水也不能再收回去。皇上和妃子的情意渐远，各自疏远。昔日里貌美如芙蓉的妃子，现在却像无依靠的荒草一般。靠美色取悦于皇上能得多少好处呢？

【从诗词看甄嬛】

《甄嬛传》中，每次见"妙音娘子"余莺儿出场，她那副因为得了皇宠而日益骄纵的嘴脸，真的让我有种很莫名的感觉，说不出是厌恶、是可怜还是慌叹。

无可否认这个女子是极为聪慧的，除夕之夜，倚梅园中机缘凑巧，让她听到了甄嬛的那句："朔风如解意，容易莫摧残。"于是凭借着这句兴许她连什么意思都不懂的诗句，便鱼目混珠地从一个莳花宫女当上了更衣，虽然说"更衣"在妃嫔里是最末的从八品，但是比起原先宫女的身份，她也已经是个正经的小主了。

对于此时余莺儿的遭遇，已有跃上枝头麻雀变凤凰的幸运了。假若她懂得感恩，在格外讲究血统身份的大清皇朝之中，出身低贱的余莺儿此刻的遭遇也算让她不枉此生了。可是，有时候人往往就是这样，得陇望蜀，一个不慎便会让自己陷入"人心不足蛇吞象"的尴尬境地之中。

当了更衣的余莺儿并没有知足止步，而是充分发挥自己的青春年华、姿色身段讨好皇帝，在后宫之中创造了一月内连迁采女、选侍两级，被册封为正七品妙音娘子，甚至赐居虹霓阁的"伟大奇迹"。一时之间风头大盛，连那时最是荣宠的华妃都不得不昧着良心亲自赏了她礼物。自此，余莺儿该是满足了吧？

不！面对这从天上掉下来的荣华富贵，余莺儿渐渐变得骄纵跋扈、目中无人起来，最后连那些比自己身份更高的妃嫔贵人她都不放在眼里，甚至出语顶撞。须知道在高深莫测的后宫之中，这种出格的行为，可不是一种对他人的炫耀打击，而是一把直接割断自己后路的利刃。

对于余莺儿的结局，甄嬛已然看得透彻。早在她盛宠的时候，甄嬛已用一句"以色事他人，能得几时好"的诗句淡然作了预测。

这句"以色事他人，能得几时好"出自于唐代大诗人李白之手。李白通过对汉武帝皇后陈阿娇逃脱不了色衰而爱驰的悲惨终局的描写，表达了一种悲悯，悲悯当中又有一种启示。从阿娇由得宠到失宠之事，揭示了女子以色事人，色衰而爱驰的悲剧命运。

阿娇受宠，流传千古的当是"金屋藏娇"的典故。据《汉武故事》记载：汉武帝刘彻数岁时，他的姑母长公主问他："儿欲得妇否？"指左右长御百余人，皆曰："不用。"最后指其女阿娇问："阿娇好否？"刘彻笑曰："好！若得阿娇作妇，当作金屋贮之。"刘彻即位后，阿娇做了皇后，也曾宠极一时。

盛宠的余莺儿和阿娇有甚是相同的遭遇，阿娇得宠，以金屋藏之；余莺儿善歌，便可不顾规矩地乘着奉诏侍寝的嫔妃的专座"凤鸾春恩车"夜半在静寂无声的永巷之中高歌。还真有"咳唾落九天，随风生珠玉"的炙手可热、不可一世的气焰。

只是好景不长，陈皇后失宠了，娇妒的陈皇后，为了"夺宠"，曾做了种种努力，她重金聘请司马相如写《长门赋》，"但愿君恩顾妾深，岂惜黄金买词赋"（李白《白头吟》）；又曾用女巫楚服的法术，"令上意回"。前者没有收到多大的效果，后者反因此得罪，后来成了"废皇后"，幽居于长门宫内，虽与皇帝相隔一步之远，但咫尺天涯，宫车不肯暂回。

余莺儿呢？她投入盛宠的华妃门下，不可一世，甚至把位份比自己高的欣常在关入慎刑司，还威胁总管不能告诉皇帝，这个愚蠢之极、可笑之至的举动，隔日就受了太后的处分，她忘却了伦理纲常是封建社会的立世之本，任谁都不可动摇。皇帝也因此事对她的态度发生本质的改变，过后她还不知悔改，对皇帝步步紧逼，最后因言语得罪当时的莞贵人而失宠，最后不甘失宠被华妃利用来毒杀莞贵人事发，被废入冷宫处死。余莺儿犹如一颗流星，在天空划过一道弧线后迅速消失。得宠快，失宠也快。最后甚至被自己得罪过的太监狠狠地绞死。

"昔日芙蓉花，今成断根草。以色事他人，能得几时好？"这发人深省的诗句，是一篇之警策，它对以色取人者进行了讽刺，同时对"以色事人"而暂时得宠者，也是一个警告。诗人用比喻来说理，用比兴来议论，充分发挥形象思维的特点和比兴的作用，不去说理，胜似说理，不去议论，而又高于议论，颇得理趣。由此可知靠美色取悦于皇上不能得到多少好处。爱是应该有距离的，不能距离为零，否则物极必反。

有勇无谋的余莺儿若能明了这些，相信她的结局不至于会如此悲凉。

绸缪

唐风·绸缪

——《诗经》

绸缪^一束薪^二，三星^三在天。

今夕何夕，见此良人^四。

子兮^五子兮，如此良人何！

绸缪束刍^六，三星在隅^七。

今夕何夕，见此邂逅^八。

子兮子兮，如此邂逅何！

绸缪束楚^九，三星在户^十。

今夕何夕，见此粲^{十一}者。

子兮子兮，如此粲者何！

【注释】

一、绸缪（音仇谋）：缠绕，捆束。犹缠绵也。

二、束薪：喻夫妇同心，情意缠绵。

三、三星：即参星，主要由三颗星组成。

四、良人：丈夫，指新郎。朱熹《诗集传》："良，夫称也。"

五、子兮：你呀。作诗的人，兴奋自呼。

六、刍：喂牲口的青草。

七、隅：指东南角。

八、邂逅：即解靓，靓，遇也，解，悦也。原意男女和合爱悦，这里作名词，指志趣相投，满意的人。

九、楚：荆条。

十、户：门。

十一、粲：漂亮的人，指新娘。

【语译】

把柴草捆得更紧些吧，那参星高高地挂在天上。今天是个什么样的日子呀？让我看见如此好的人呀。你呀你呀，你这样的好，让我该怎么办呀？

把柴草捆得更紧些吧，那参星正在东南角闪烁。今天是个什么样的日子呀？让我看见如此的良辰美景呀。你呀你呀，这样好的良辰美景，让我该怎么办呀？

把柴草捆得更紧些吧，那参星高高地挂在门户之上。今天是个什么样的日子呀？让我看见如此灿烂的人呀。你呀你呀，你这样的美丽，让我该怎么办呀？

【从诗词看甄嬛】

这个世间令人难忘的事情有很多，而最为刻骨铭心的莫过于初恋。那种无意间的相识、相知、相恋最为记忆深刻，那种对心上人日思夜想、唯恐自己将他容颜淡忘的忐忑，最为牵肠挂肚。

时隔多年，每忆起梦中的身影，总会无法抑制地惦念他那双深邃的眼眸、厚实的双唇以及身上那种淡淡的味道……记忆中所有关

于爱的味道。

就在这个月色如绮的夜晚，心思恍惚的甄嬛倚在窗前，看见窗外被风吹得微微摇曳的树影倒映在窗纸上，仿如某人颀长的身影。顿觉神思摇曳，百无聊赖间翻开《诗经》，一首《绸缪》婉转千古，她却从白纸黑字间看出了那双乌黑的瞳仁，夹在杏花疏影之间缭绕，令人眼花缭乱、牵绊不止。

每次读到这里，我都会感觉十分地舒坦、神往。试想在那个波光潋滟的太液池旁，在那漫天杏花浪漫的景色中，与梦中之人偶遇，那是多么美好的事情啊。

把所有的后宫纷争、暗涌漩涡统统抛下，回归远古，撇开所有的注解，只是用双眼、用心灵去看那些字眼，犹如置身另一个天堂。天堂之间，众人消失，背景隐退，连时间都就此凝结。唯有一场发生在无尽洪荒里的邂逅，在那个安逸的午后，在那些漫天飞舞的柳絮与落花之间，毫不经意的他与她，猝然间打了个照面。

假设此时，甄嬛遇见的只是一个毫不相干的陌生人，也就罢了，丝毫没有什么特别意义，我们每天都在不停地遇到许许多多的人，我们习以为常，熟视无睹，即使有搭讪与寒暄，转眼就忽略不计。若是有人让你惊疑于这场"遇见"，让你有一种需要追根究底的不真实感，一定是这个人身上具有的某种化学元素，改变了"遇见"的形态。而在甄嬛的心中，眼前这个"半路杀出"的清河王身上，总透露着一种无法言喻的神秘气息，兴许这就是我们嘴里常说的"姻缘"吧。

"今夕何夕，见此粲者！"这是甄嬛内心多么欢喜地暗自呼唤："在见到你以前，没有任何预兆，我像往常一样，准备度过一生无数日子里的一个，清晨、正午、黄昏，这一天眼看将尽，我却在这光阴的拐角处，在这平凡的柴垛前，遇见你。"

戏里戏外看甄嬛 品古诗词的意境

兴许在我们眼中看来，遇见是如此地轻飘，不过是两个无意之人凑巧走到某处，抬抬脚、移移步就能做到的事情，极为简单。却未曾想过，在我们匆匆忙忙的生命里，如此的偶遇，却是那样的不易。

最爱几米说过的话："我遇到猫在潜水，却没遇到你。我遇到狗在攀岩，却没遇到你。我遇到夏天飘雪，却没遇到你。我遇到冬天刮台风，却没遇到你。我遇到猪都学会结网了，却没遇到你。我遇到所有的不平凡，却遇不到平凡的你。"

潜水的猫、攀岩的狗、夏天的雪花、冬天里的台风，乃至会结网的猪，这些统统都是身外之物，可有可无，忽略也罢。唯有你，却是一直深藏在我心中的那个人，好像一颗填埋已久的种子，在这一刻突然生根发芽结蕾绽放，一个"粲"字，传达出那种不可方物的光华。

在整部漫长的《甄嬛传》中，甄嬛与皇上这一次的"遇见"只是他们之间爱情故事的一个序曲，后面更有轰轰烈烈的情节可以期待。

只是，此时的甄嬛并不知晓眼前的男子，便是自己命中的"夫君"，还只道他是自己的"小叔"，如此见面已属不妥，万不可动心，以免坏了各自的清誉，无奈至极。

正如现代社会中，地铁站台上的偶然邂逅，当地铁缓缓驶来，隔着玻璃窗，你与对面的男子或女子四目相对，内心惊动，但又能怎样，你上去，他（她）下来，犹如相逢于黑暗的海面上，擦出耀眼的火花，再重新投入到人流汹涌之中，消失于对方的生命里。

是这样无根无由的爱意，多么让人无奈，所以紧接着是这样的叹息：子兮子兮，如此粲者何？那是一个没有答案的自问，一种没有出路的追索，"遇见"作为一个奇迹已经发生，可是，奇迹之后

呢？纵然是如此幸运地遇见这样一个你，接下来我又能怎么办？

　　此时此刻在甄嬛心中，良人何来？三星何解？一入侯门深似海，纵使牵绊亦枉然。

事无不可对人言

宋史·司马光传

平生所为，未尝¹有不可对人言²者。

【注释】

一、未尝：从来没有。

二、对人言：告诉别人。

【语译】

没有什么样的事情不可公开。欧阳修曾做对联："书有未曾经我读，事无不可对人言。"世界上有我没读过的书存在，但是我没有不可告人的事情，说明做人坦荡，清者自清。

【从诗词看甄嬛】

《甄嬛传》中，这一句"事无不可对人言"是在什么样的情景下出现的呢？不妨让我们一起来回顾一下原文：

走开两步，想起一事，又回转身去道："妾身有一事相求，请王爷应允。"

"你说。"

"妾身与王爷见面已属不妥，还请王爷勿让人知晓，以免坏了各自清誉。"

"哦，既是清誉，又有谁能坏得了呢？"

我摇头道："王爷有所不知。妾身与王爷光明磊落，虽说'事无不可对人言'，但后宫之内人多口杂，众口铄金。终是徒惹是非。"

他眉头微皱，口中却极爽快地答应了。

在我的理解中，甄嬛此时的这句"事无不可对人言"并不单单是在要求眼前的"清河王"不要向别人说起他与自己碰面的事情，在此其间，还蕴含着"言多必失，祸从口出"的意味。

作者自认在生活中，往往会因为一时兴起，常常一句话语不及细想便随口而出。轻易便造成了"言者无意，听者有心"的误会局面。对于自己这种常犯却又极为容易出现的错误，我格外懊恼，在这一点上，我是最为敬佩甄嬛的。

在印象中，甄嬛说过两次诸如此类的话语，最让我钦佩。一次是上面提及的她对"清河王"的告诫；另一次印象深刻的，是她初入宫闱，装病避宠时，知心姐妹沈眉庄前来探望她之后，浣碧问她何苦连惠嫔小主和安选侍也瞒着的时候，她低声地回答："正是因为我与她们情同姐妹，才不告诉她们。任何事都有万一，一旦露馅也不至于牵连她们进来。再说知道的人越多就越容易走漏风声，对大家都没有好处。"

在平日里接触过的古联中，"书有未曾经我读，事无不可对人言"是最为让我喜欢的一对。据说这对联字是欧阳修的名句，也有人说为清朝名将左宗棠集句而成。"事无不可对人言"语出《宋史·司马光传》："平生所为，未尝有不可对人言者。"形容为人心

胸坦荡磊落，没有不可告人的事。句中蕴涵着一种清白坦荡，质直好学的君子之气，令人读之心中疴块顿消，豁然开朗。

对于"事无不可对人言"的理解，有位网络的名人这样说过："事无不可对人言？不是不可，而是不敢，自我保护而已。"

人在社会，往往都会犯上言多必失的错误，言多必失，便是话说多了一定有失误。《鬼谷子·本经符》中便提及："言多必有数短之处。"古人所说不错，话说多了一定有失误。

俗话说："逢人只说三分话，未可全抛一片心"。细察深谋远虑的人，他们在应酬中的确只说三分话，这不是他们做事缺乏光明磊落，而是在生活和工作中累积出来的经验。所谓"说中留半句"，是指不必说，不该说的话，这绝不是不诚实，决不是狡猾。

甄嬛对知心姐妹隐瞒自己的计谋，其实是对自己也是对姐妹的一种保护，而她对"清河王"的相求，大有"人在后宫，身不由己"的苦衷，如此心思缜密的女子，难怪"清河王"听过之后，会先是"眉头微皱"后再爽快答应了，想必这时他才顿时发觉眼前端丽女子竟是如此聪慧的吧。

是的，坦率真诚、快人快语、言无不尽，这是人的美好品德。但人心险恶，你的坦诚和言无不尽可能会被有心人利用，给你造成伤害，所以不得不防。

陶令篱边色，罗含宅里香

菊 花

——（唐）李商隐

暗暗淡淡紫，融融冶冶黄。

陶令¯篱边色，罗含宅里香。

几时禁重露，实是怯残阳。

愿泛金鹦鹉，升君白玉堂。

【注释】

一、陶令：指陶渊明。

【语译】

瑟瑟秋风吹谢了百花，此时孤芳自赏的只有秋菊。正因其孤傲高洁，所以才深得陶渊明等名公雅士的喜爱。诗人用平实无华的语言，描绘出了菊花的可人姿态。

【从诗词看甄嬛】

《红楼梦》中，太虚幻境"薄命司"里的十二钗概括着黛玉、

宝钗、湘云等十二个女子的一生遭遇。

《甄嬛传》里，争奇斗艳、竞相开放的花儿被各自的红粉佳人所眷顾着，如甄嬛喜海棠、纯元恋梅花，殊不知故事终了，这些花儿亦成了他日众人一生际遇的写照。

众人比着年龄，眉庄年纪最长，我次之，然后是陵容和淳儿。眉庄边摇着筒取了一根花签边道："不知我能抽个什么？别手气那样坏。"抽出来自己先看一回，又笑着说："玩意罢了。"随手递给我们看，那竹签上画一簇金菊花，下面又有镌的小字写着一句唐诗："陶令篱边色，罗含宅里香"。

"陶令篱边色，罗含宅里香"出自于唐朝诗人李商隐的《菊花》诗，全诗是这样吟诵的：

> 暗暗淡淡紫，融融冶冶黄。
>
> 陶令篱边色，罗含宅里香。
>
> 几时禁重露，实是怯残阳。
>
> 愿泛金鹦鹉，升君白玉堂。

菊花又名黄花、帝女花，与梅、兰、竹并称为花之四君子。菊花艳丽、婀娜多姿。黄似金辉闪耀，白如玉山堆雪，红若朝夕霞彩，紫像珍珠玛瑙，在金秋灿烂的阳光下带着醉人的微笑暖透世界，送给人们无限的生机活力与希望。菊花不仅美丽，而且具有清秀俊美、素雅高洁的气质，傲霜而立、西风不落的傲骨，大方热情、充满希望的洒脱，朝气蓬勃、怡然自得的情怀。

沈眉庄是极爱菊花的，电视剧中，眉庄初入宫，圣眷正隆的时候，皇上赏了很多菊花，并把眉庄住的常熙堂改了名，叫存菊堂。皇帝问眉庄为什么喜欢菊花，只见眉庄羞涩含情地答道："宁可枝头抱香死，不曾吹落北风中。臣妾喜欢它的气节。"

菊花盛开在属于童话般的秋天，云卷云舒、雁过留声，菊花的

盛开是秋天的金黄色诗情画意的无限延伸。君可见此一层、彼一层暗暗淡淡的紫色；君再品那香之间融融冶冶的明媚金黄。

古人谓菊为花之隐逸者，盖因它盛开在秋风骤起、百花凋零之时。这一刻天地一片萧瑟，唯有菊花傲立盛放，傲骨凌风。千年以来，历代文人骚客、有志之士托志于菊，以菊为邻，以菊为友，以菊养性，以菊明志，喻己高洁。屈原"朝饮木兰之坠露兮，夕餐秋菊之落英"，陶渊明"采菊东篱下，悠然见南山"，王安石"吹落黄花满地金"，李清照"人比黄花瘦"，秋瑾"夭桃妄自多含妒，争奈黄花耐晚风"；更有李商隐的"陶令篱边色，罗含宅里香"……不管世态如何，心淡如菊始终是一种信念，随风淡淡飘香，陶然醉然。

沈眉庄是整部《甄嬛传》中唯一一个纯粹干净的明媚女子，她的一生敢爱敢恨、敢作敢当，有着如菊一般的气节。

她和甄嬛在一起时，一系列的变故让她认识到了皇上的多疑、冷酷、绝情，她已然认定皇上并不是自己可以托付终身的人，于是她毅然很睿智地选择了避宠——到太后的身边，悉心伺候着太后的起居，由此她获得了太后的垂怜与喜爱，得以在那钩心斗角、阴险狡诈的后宫生存而不被伤害。她不屑于众人的献媚阿谀，即使当皇上主动低头的时候，她也没有因此而垂下自己骄傲的螓首，而是一味地坚持着自己的坚持。

她是一个很有傲骨的女人，但是当她遇到自己的爱情的时候，却无比卑微，她知道温实初对甄嬛的感情，她看着那执着的痴心的男人，她一步一步地爱上了这个日日为她请脉的男人，她以为自己是一厢情愿的，然而殊不知她的坚强、她的隐忍、她的友善、她的美好……用再多的修饰词都形容不了我心中那美好的人儿。她的等待换来了她想要的爱情，那迟来的爱情却让人唏嘘，让人感动。

　　她对于友情，也是这样的侠义干净，当甄嬛遭受打击心生颓废时，她毅然带她去冷宫看废弃的妃嫔，无论甄嬛遇到什么困境，她总是第一个出现在她的面前，不顾自己的身体、不管自己以后的前程；当甄嬛在宫外的时候，她也想方设法去保护她，去看望她，去给她传递消息……她就这样义无反顾地守护着与甄嬛的友谊，如此守护超越亲情、超越天地，令人感动，更令人肃然起敬！

　　之后许久的一段日子，每见到风中怒放的菊花，我都会不由自主地惦念起沈眉庄来，黄金易求，知己难觅，如果此时此刻在你身边有如沈眉庄这般的知心好友，请君千万珍之重之。

丈夫徒有三分毒

夜半乐·咏夹竹桃¯
——十二因缘

月轮碾玉明甚，惊云碎地，霜碧谁能肃。

已夜半时分，小虫将伏，

霓虹²暗陨，闲声渐歇，仅余行路归人³，急心轻足，

竟不顾、双襟著清馥。

似曾小径夹竹，点点星花四，袅娜团簇。

迢递处、犹胜传灯燃烛。

弱条堪折，柔情欲诉，几重淡影稀疏，好风如沐，

奈良景、寻常却无瞩。

倍感凄怆五：好萼旁栽，入流尘俗。

叹叶叶伤情剑眉蹙。

恨生材、无用不种十年木。

空顿首、憾已难平凤，丈夫徒有三分毒。

【注释】

一、夹竹桃：原产印度、伊朗和阿富汗，在我国栽培历史悠久，遍及南北城乡各地。夹竹桃喜欢充足的光照，温暖和湿润的气候条件。其花色有红色和白色两种。

二、霓虹：即霓虹灯，一种内含气体的灯，通常用于广告招牌等用途。

三、归人：回归家园的人。

四、星花：用比喻的手法，把某种事物展现出来的或是光彩或是形态比作灿烂的星星和花朵，意思就是形容一个事物美丽灿烂耀眼。

五、凄怆：悲伤、悲凉。

【语译】

夜，宁静至此，天际之中有明月高悬。银白色的月光洒落一地，与寒霜相掺，再难相分。草丛之中，小小虫儿在轻轻呢喃，街边原本闪烁的霓虹灯光已经渐渐黯淡。小径之上，唯有我这个夜归之人行色匆匆、步履蹒跚。就在此时，一阵清馥的幽香袭人而来，竟令我不由得驻足凝望。

原来，是小径两旁栽种的那些夹竹桃，此刻在月光之下盈盈怒放，团团簇簇犹如天上纷繁的星星一般引人注目。那些红色的、黄色的花儿啊，即便是在昏暗无光的小径之中，也能绽放着与众不同的光芒。

夹竹桃那些柔软的枝条，犹如女子的纤纤柔荑，在风中招展，好似在挽留着路人为之驻足，莫辜负了此时的良辰美景。

只可惜花儿的心愿却总是在不停地落空。行走的人儿啊，总是

从它们的身边匆匆掠过，根本无意在此间多做停留。望着这些殷勤绽放的花儿，我禁不住为它们感到悲哀。花儿虽美，却可惜身含剧毒，令人望而却步。徒留蹙眉似剑带着恨意身陷红尘。年复一年，难以为人留恋，只落得悲愤满怀，叹俗世为何如此不公？

【从诗词看甄嬛】

记得当年，校园后院广泛种植着一排排粉红色的夹竹桃花，每每到了花儿绽放的时节，一树一树花团锦簇，引得我们一众女生为之流连忘返。总爱摘下些来，插在鬓间、夹在书中亦或至于案头，极为喜爱。

一直到后来，夹竹桃含剧毒的消息传来，引起一片哗然，而后夹竹桃花也就因此从我的记忆中淡退。

怎么也没有想到柔弱如斯的安陵容竟然会与身含剧毒的夹竹桃扯上关系。

某一日，安陵容偶然遇见落寞失宠的齐妃，别有用心地暗示夹竹桃能损害胎儿，齐妃听后给甄嬛送去了一份掺了夹竹桃的糕点。太医说，甄嬛正在喝桂枝汤，夹竹桃加桂枝，会导致流产。

从中医学的观点来看，夹竹桃主要功能为强心利尿、祛痰定喘、镇痛、祛淤，孕妇忌服。桂枝虽不属于孕妇忌服的中药，但高热、阴虚火旺、血热妄行者都要禁服，孕妇也要慎服。这两种中药加在一起不排除有导致流产的可能。

很多人都不懂，身为甄嬛的姐妹，选秀之时遭人欺凌是甄嬛帮她出头解围，入宫之前孤零无依是甄嬛将她接入家中，入宫之初甄嬛对于她迟迟未能侍宠而焦虑牵挂，为何到头来，安陵容却反而恩将仇报、处心积虑地想要加害甄嬛一众人等呢？

关于夹竹桃，有这样一个传说在尘寰之中流传：

相传，在远古的时候，一个名叫桃的美丽少女爱上了性格刚强的长工小伙——竹。桃的父亲由于门户之见，不准许他们相爱，一怒之下，竟然将竹活活暴打致死。

竹死了之后，桃痛不欲生，紧接着也为自己心爱的人自杀殉情了。上苍为他们的真挚爱情所感动，于是答应满足他们一个愿望。

桃说她一生喜爱桃花的纯洁，而竹却希望保留他像竹子一样的坚韧。于是，上苍发动神力，这世界上就产生了一种有着竹子一样的叶子，开着像桃花一样的植物——夹竹桃。

那个时候的夹竹桃花是纯白的，很纯洁的白色。后来不知过了多久，某个国家的一位公主情不自禁地爱上了自己的家臣。但由于家族的反对，公主迫不得已选择了和自己的心上人一起徇情。

公主一直天真地以为情人一定会和自己永远在一起的，却不料这仅仅是她自己的一厢情愿。她的家臣并不是真心喜欢她，而是贪图着接近公主之后所能得到的荣华富贵。于是悲愤万分的公主在夹竹桃下自杀了。她的血浸湿了花朵，夹竹桃从此就开着粉红和雪白的花。

痴心错付误终生，公主的孤魂在九泉之下不停地怨怼，怨恨生成毒汁随着夹竹桃的根茎衍生，在人世间艳丽而警惕地开着。很多年以后，那个家臣途经公主的坟前，被那叶怀竹之风骨，花有桃之美貌的夹竹桃所吸引，被红白色的花儿所陶醉，俯身而闻，终于中毒身亡。

兴许夹竹桃身怀剧毒是与生俱来的天性，就如安陵容的性格变化，亦是人在红尘身不由己罢了。

身在深宫大内，由于出身低微，她不受皇宠；又因为自己的姐妹甄嬛受宠的缘故，被张扬跋扈的华妃欺凌、被宫里其他的一众女人冷嘲热讽。

试想甄嬛出身好、家世好、样貌好，有才学、有皇上的万千宠爱，还有一个生死不离的好姐妹眉庄，而安陵容自己呢？

她骤然感觉自己什么都没有，对于甄嬛，她是如此地羡慕，羡慕至极便生出了嫉恨。种种的羡慕忌妒恨藏在心里，时时刻刻如同火焰一般烘烤、折磨着她的内心。所以当皇后给了安陵容的一点小小的恩惠之后，安陵容忽然发觉要在宫里待下去，就要有这样的大树做靠山，所以权衡之下，便义无反顾地走上了一条不归路。

一直到最终事迹败露，万劫不复之时，她才幡然醒悟："这条命，这口气，从来由不得自己，如今，终于可以由自己做主一回了。"

可怜如安陵容，一生受着贪嗔痴怨的摆布，不由自己，犹如墙角一隅招摇绽放的夹竹桃，任是鲜艳明媚，却终究逃不过凋零的命运。

空顿首、憾已难平凤，丈夫徒有三分毒。

幸有清香压九秋

茉　莉

——（宋）江奎

虽无艳态惊群目，幸有清香压九秋[一]。

应是仙娥宴归去，醉来掉下玉搔头[二]。

【注释】

一、九秋：九年。汉张衡《南都赋》："结九秋之增伤，怨西荆之折盘。"唐刘禹锡《谪九年赋》："古称思妇，已历九秋，未必有是，举为深愁。"傅尃《次韵和湘荃、梦蘧联句即寄》："九秋客思三更梦，一夜西风满地霜。"在《茉莉》诗中，代指茉莉的花香淡雅、花期很长。

二、玉搔头：即玉簪。古代女子的一种首饰。《西京杂记》卷二："武帝过李夫人，就取玉簪搔头。自此后宫人搔头皆用玉，玉价倍贵焉。"唐白居易《长恨歌》："花钿委地无人收，翠翘金雀玉搔头。"清郑燮《扬州》诗："借问累累荒冢畔，几人耕出玉搔头。"

【语译】

好一朵淡雅的茉莉花，就这样落落大方地迎风而放在万丈尘寰

之中，没有天姿国色、雍容华贵的风姿，却有优雅怡人的清香，令人久久难忘。我忍不住要问你，淡雅的茉莉花啊，你是从何而来的？莫非你便是那传说之中醉了酒的仙女在匆忙回宫的半路上不慎掉下来的玉簪么？

【从诗词看甄嬛】

江奎，宋朝诗人，生平不详。从史料记载来看他的作品较多，但是传世作品却很少。现今流传他的代表作为这一首《茉莉》。其中有一句名句："他年我若修花史，列作人间第一香。"是赞誉"盈白如珠，幽香袭人"的茉莉花的诗句。

茉莉花清素淡雅，没有绚丽的色泽，也没有妖媚的姿态，可是它珠圆玉润、芳香浓郁，花期长久，为其他花卉之冠。

关于茉莉花的原产地，一直以来都是众说纷纭的，姜夔有诗："灵种移来自越裳。"说明茉莉花原产于国外，后移植到中国。关于茉莉花原产地有两种说法，有一种说法，道是茉莉花原产印度，宋代王梅溪诗："茉莉名佳花亦佳，远从佛国到中华。""佛国"即印度，所以它的名称是梵语，在佛经翻译上又有"抹利"、"鬘华"、"抹厉"等称号。尚有另一说法指明，茉莉花祖先在亚洲西南。所以王梅溪又诗云："西域名花最孤洁，东山芳友更清幽。"晋代嵇含《南方草木状》说，"那悉茗花与茉莉花，皆胡人自西域移植南海，南人怜其芳香，竞植之"。又据史志记载：汉初在广州称王的赵佗与汉代分庭抗礼，汉代派大夫陆贾向赵佗劝说，陆贾完成使命后回到京都，著有《南越行记》，内有茉莉花的记载："南越之境，百花不香，惟茉莉素馨花特芳香，女子以彩线穿心，以为首饰。"

在人们的记忆中，茉莉便是这样的清新脱俗，它没有牡丹的繁华，没有玫瑰的妖冶，没有芍药的艳丽，却偏偏就是那样安静无

争，在纷繁芜杂的尘世之中，犹如天外仙子般的令人爱怜。

所谓世人所说的"越简单越美丽"，这个世间，姹紫嫣红色彩的太多，长久地置身其间，往往会令人感觉审美疲劳。正如深宫别院之中，争奇斗艳、搔首弄姿的女子层出不穷，所以当这位如茉莉一般清丽脱俗、与世无争的方淳意——淳常在出现时，她赋予人们的印象，是这般的舒坦自然。

"淳"字释义朴素、诚实。如淳朴、淳厚等。又可作"纯"字之解，单纯、纯粹。《潜夫论·本训》中有"以淳粹之气，生敦庞之民"。《隋书·经籍志》中有"至于道者，精微淳粹，而莫知"。这所有的解析，都直接映衬了方淳意质朴、单纯的性格。正因为她的这种性格，甄嬛对她是极度喜欢的，每每见到她，便会想起家中的妹妹，这种感觉格外亲切，在甄嬛的眼中，淳常在与其说与自己一样是皇上的妃嫔，还不如说是自己的"妹妹"来得确切。

方淳意十三岁进宫，正是稚气未消、天真浪漫的年纪。她为人开朗，活泼可爱，从不与人争宠，不爱华丽的珠宝首饰，却唯独对各色美食流连忘返。刚入宫时甄嬛要送她精美华贵的首饰作为见面礼，可谁知她偏偏不甚喜欢，最后她选择了一堆琳琅别致的糕点满心欢喜地离开了。这样的性格，在后宫之中实在犹如"另类"。甚至有时，我会怀疑这样的可爱脱俗的女子，是不是直接从外星球空降到皇宫后院中来的？难怪人总说淳意如茉莉，是仙女不慎落入人间的玉搔头，与脱俗的茉莉一般盛开在深宫之中，不染俗尘。

当然，现实往往是残酷的。像方淳意这样不谙世故的单纯女子，是难以在尔虞我诈的后宫之中生存的，那日无意之间，让她在捡拾风筝时撞见华妃收取他人贿赂，又中了曹贵人使出的计谋，暴露了行迹，被华妃狠下杀手灭了口。

一次无心的偶然竟成致命。也许所有的一切冥冥之中早已注

定，就如那日淳意抽到的那支花签："虽无艳态惊群目，幸有清香压九秋"，以及那行隐喻为"戴孝"的小字"天公织女簪花"。

　　方淳意这朵晶莹纯洁的茉莉花陨于污浊不堪的后宫，实在让人为之伤心不舍，但是转念一想，这样的结局，也未尝是不幸的，至少她能"质本洁来还洁去，强于污浊陷渠沟"。漫漫红尘，她将永远活在疼爱她的姐妹们心中。

玉鉴尘生，凤奁香殄

楼东赋

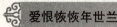

——（唐）江采苹

玉鉴一尘生，凤奁二香殄三。

懒蝉鬓之巧梳，闲缕衣之轻绿。

苦寂寞于蕙宫，但凝思乎兰殿。

信摽落之梅花，隔长门而不见。

况乃花心飏恨，柳眼弄愁。

暖风习习，春鸟啾啾。

楼上黄昏兮，听风吹而回首；

碧云日暮兮，对素月而凝眸。

温泉不到，忆拾翠之旧游；

长门深闭，嗟青鸾之信修。

忆昔太液清波，水光荡浮；

笙歌赏宴，陪从宸旒四。

奏舞鸾之妙曲，乘画鹢之仙舟。

君情缱绻，深叙绸缪。

誓山海而常在，似日月而无休。

奈何嫉色庸庸，妒气冲冲。

夺我之爱幸，斥我乎幽宫^五。

思旧欢之莫得，想梦著乎朦胧。

度花朝与月夕，羞懒对乎春风。

欲相如之奏赋，奈世才之不工。

属悉吟之未尽，已响动乎疏钟^六。

空长叹而掩袂^七，踌躇^八步于楼东。

【注释】

一、玉鉴：镜子的美称。

二、奁：女子梳妆用的镜匣，泛指精巧的小匣子。

三、殄：尽，绝。

四、宸旒：帝王之冠。借指帝王。

五、幽宫：深宫的意思，赋中特指冷宫。

六、疏钟：亦作"踈钟"。稀疏的钟声。

七、掩袂：以衣袖拭泪。

八、踌躇：犹豫不决地走来走去。

【语译】

　　镶玉铜镜上沉淀着岁月尘埃，龙凤宝箱的香气已然颓败。冷落了理我乌鬓的精巧玉梳，闲放着裁我缕衣的轻盈白练。在香草依依的宫中凄苦寂寞，于兰芳袅袅的殿上凝神静思。任凭梅花随风飘落，我远隔长门怎得相见？更何况花心里飘荡出怨恨，眼眉一样的柳叶拨弄着愁情。暖风习习地吹拂，春鸟啾啾地鸣叫。楼上又见黄昏，我聆听着柔和的风声回头张望；白云却逢日暮，我独对着清冷的月光凝眸远眺。温泉难以再到，我回想珍惜着旧日拾翠羽的游

乐；长门宫幽深紧闭，只得靠信誉美好的青鸾传递消息。

想到旧时太液池里的清波，水面光影浮荡；美妙的歌舞、无尽的赏赐、盛大的宴会，我陪从在圣上身边。我吹奏使鸾凤起舞的曼妙乐曲，乘着描绘着鹢鸟图案的仙舟。君王情意深厚与我难舍难离，诉说如绸缪一样亲密无间的情话。发誓爱情像山岳海洋一样永远存在，像日月一样没有休止。

无奈杨妃生出恼怒的嫉色，冲冲的怒气，夺走我的恩爱宠幸，把我贬斥到这幽寒的冷宫中。怀想旧日欢情难以再得，梦却在朦胧之中更显著。度过多少花朝月夜，已经羞愧而不愿面对这春风了。想像司马相如一样挥就《长门赋》，无奈我不善于诗赋之才华，愁吟绵长啊仍未有尽头，报晓的晨钟已然响动。只得白白地长叹而以衣袖掩面哭泣，独自在楼东徘徊。

【从诗词看甄嬛】

这一日，天气闷热，扶荔殿上皇帝与妃嫔、近支亲贵、命妇们聚首一堂，正在为温仪公主的生日举办着热热闹闹的宴席。

就在此时，失宠于皇上的华妃凭借着甄嬛的一曲《惊鸿舞》而派生出一阕《楼东赋》在宴席间深情吟诵，借诗赋之意，诉说自己多日来对皇上的思念之情。吟诵至深情处，不觉落泪，至情感化，竟也让皇上颇为动容，咏罢《楼东赋》，华妃也终换得皇上同情，再次获得了他的宠幸。

《楼东赋》出自于唐朝唐玄宗早期宠妃梅妃——江采萍之手。传说梅妃体态清秀、消瘦，并且喜爱淡妆雅服。多才多艺的她，不仅善于诗文，还精通乐器、能歌善舞，娇俏美丽、气质不凡，是个才貌双全的奇女子。

梅妃初入宫闱，唐玄宗极为宠爱，直到后来，唐玄宗立杨玉环

为贵妃，梅妃才因为杨玉环的缘故渐渐失宠直至最终被贬入冷宫上阳东宫。

同汉代那首由陈阿娇重金请司马相如代做的著名的《长门赋》一样，《楼东赋》也意图通过一系列深情的表达，将深居冷宫的忧伤哀怨告于君王圣上。只可惜历史的事实告诉我们，这两首诗赋才情是极好的，但最终陈阿娇和江采萍这两位妃嫔落得的下场，却悲哀得近乎相似。一个感伤"长门一步地，不肯暂回车"，一个愁叹"何必珍珠慰寂寥"。而今再加上一个华妃年世兰，《楼东赋》的悲情也就更甚一层了。

独占恩宠多年的华妃——年世兰，是历史闻名的清朝抚远大将军年羹尧的亲妹妹，十七岁入宫，享尽皇帝的恩宠，骄奢淫逸，风光一时。

华妃天生得风华绝代，倾国倾城，明艳不可方物，喜怒嗔怨，都带着万般风情。即便是她性格上那嚣张跋扈、狠辣善妒，都坏得如此光明正大、酣畅淋漓。在华妃的字典里，她从来都不为自己所做的事情感到后悔，她就这么敢爱敢恨，骄纵跋扈于六宫粉黛之中。她热烈地以一个女人独占一个男人的方式去爱着皇上，同时也以一个女人对一个男人的正常的妒忌心去妒忌着每一个出现在皇上身边的女子。

若今生今世，她是皇上唯一的妻，皇上身边只得她一人相守，那该是多么美好的事情啊。只可惜老天爷一直都是难以遂人所愿的。

年世兰根本就不知道从一踏入宫门，就是一个覆水难收、无可挽回的错误。她根本不知道皇上招她入宫真正目的竟然不是因为真爱，而仅仅是为了利用她来克制自己的政敌、她的哥哥——年羹尧！

无论外表如何张扬，年世兰的本质终究还是单纯的，甚至单纯得让人禁不住要怜惜起她来。

当日，她以为甄嬛真是因为自己的罚跪才小产；她以为只要除去甄嬛就没有人再能从她身边分走皇上的宠爱。

自从最先的腹中孩儿小产之后，她就一直渴望着能再次怀上皇上的孩子。可是，她却料想不到她的这一生，是绝对不可能也不可以有孩子的，因为皇上在长年送她独享的"欢宜香"中，加入了麝香，导致她闻之之后，再难怀孕。可怜她却因为皇上一直以来对自己的宠爱而从来没有质疑过。

她根本料想不到自己所遭受的一切，其实全都是皇上一手制造出来的关于江山社稷的一场阴谋，她根本不知道归根结底，皇上就未曾对她动过真情。一直到临死前才从甄嬛口中得知真相，万念俱灰的她伤心欲绝，最后只留下一句怨恨："皇上，你害的世兰好苦！"

佳人已陨，且让所有关于她的是非恩怨都随风而去吧。回首年世兰这风华绝代却活在自己一厢情愿编织的童话之中的一生，我们由不得嗟叹，她才真正是后宫里最可怜的一个女人！

人生若只如初见，何事秋风悲画扇

木兰花令·拟古决绝词
——（清）纳兰性德

人生若只如初见，何事秋风悲画扇一。

等闲变却故人二心，却道故心人易变。

骊山三语罢清宵半，泪雨霖铃终不怨。

何如四薄幸锦衣郎，比翼连枝当日愿。

【注释】

一、"何事"句：用汉朝班婕妤被弃的典故。班婕妤为汉成帝妃，被赵飞燕谗害，退居冷宫，后有诗《怨歌行》，以秋扇闲置为喻抒发被弃之怨情。南北朝梁刘孝绰《班婕妤怨》诗又点明"妾身似秋扇"，后遂以秋扇见捐喻女子被弃。这里是说本应当相亲相爱，但却成了相离相弃。

二、故人：指情人。却道故人心易变（出自娱园本），一作"却道故心人易变"。

三、"骊山"二句：用唐明皇与杨玉环的爱情典故。《太真外传》载，唐明皇与杨玉环曾于七月七日夜，在骊山华清宫长生殿里

盟誓，愿世世为夫妻。白居易《长恨歌》："在天愿作比翼鸟，在地愿作连理枝。"对此作了生动的描写。后安史乱起，明皇人蜀，于马嵬坡赐死杨玉环。杨死前云："妾诚负国恩，死无恨矣。"又，明皇此后于途中闻雨声、铃声而悲伤，遂作《雨霖铃》曲以寄哀思。这里借用此典说即使是最后作决绝之别，也不生怨。

四、"何如"二句：化用唐李商隐《马嵬》诗中"如何四纪为天子，不及卢家有莫愁"之句意。薄幸：薄情。锦衣郎：指唐明皇。

【语译】

总在孤单的日子里独自怀念那段刚刚相识的旧时光，那时候的你我是那样地甜蜜与温馨，那样地深情与快乐。多么希望你我能永永远远地相亲相爱啊，可为何爱恋的最终却变成了今日的相离相弃？甚至你还在这里强辩说情人之间容易变心是天经地义的事情！

我与你就像唐明皇与杨玉环那样，在长生殿起过生死不相离的誓言，却又最终作决绝之别，即使如此，也不生怨。但你又怎能比得上当年的唐明皇呢，他再有万般不好，却还是曾经那么真挚地爱过杨玉环，还曾与她一起许下过愿作比翼鸟、连理枝的誓愿的啊。

【从诗词看甄嬛】

《甄嬛传》中，有很多值得传颂的友情，譬如甄嬛与槿汐的患难与共；譬如温实初与甄嬛的不离不弃；譬如甄嬛与眉庄的风雨同舟……当然，有美好的、值得记忆的事情，反之也就会有某些丑陋的、虚假的情谊。譬如安陵容对甄嬛的"情谊"；又譬如皇上对甄嬛的所谓"爱情"。

甄嬛落难于甘露寺中忆起自己与安陵容的遭遇，便悲愤地感

叹："人心的繁复善变……如今我常常有一种痴心妄想。人生若只如初见……譬如陵容，只是我初见她时那般柔弱楚楚，眉庄姐姐也是那样爽朗大方。而他，只是我初见他时的样子……若时间只停在那一刻，没有后来的种种纠结，该有多好。"

其间这一句"人生若只如初见"，便来自于清代词人纳兰性德的《木兰花令·拟古决绝词》。

此一曲《木兰花令》原为唐代的教坊曲子，后来又被用为词牌。始见《花间集》韦庄词。有不同体格，俱为双调。这首词以一个女子的口吻，抒写了被丈夫抛弃的幽怨之情。词情哀怨凄婉，屈曲缠绵。"秋风悲画扇"即是悲叹自己遭弃的命运，"骊山"之语暗指原来浓情蜜意的时刻，"夜雨霖铃"写像唐玄宗和杨贵妃那样的亲密爱人也最终肠断马嵬坡，"比翼连枝"出自《长恨歌》诗句，写曾经的爱情誓言已成为遥远的过去。而这"闺怨"的背后，似乎更有着深层的痛楚，"闺怨"只是一种假托。故有人认为此篇别有隐情，词人是用男女间的爱情为喻，说明与朋友也应该始终如一，生死不渝。

"人生若只如初见，何事秋风悲画扇？"假若安陵容还是原来的纤弱，假若皇上一如甄嬛初初以为般的真挚，那该有多好，只是世事难料，乱乱纷纷的红尘，许多人为了求得一己之私，都不约而同地戴上了面具。

"人生若只如初见，何事秋风悲画扇？"事已至此，禁不住要感叹，人生在世，到底要经过多少的变迁才能成就永恒？突然感觉五味陈杂。就似尘世的某些感情，总会有一方固执地认为自己的坚持与付出，一定能打动对方，以心换心，却不料偏偏遇上个懦弱成性又纠结不清的对手，既欲拥有又舍不得自己花费半点心思。又如某些友谊，总会因为自身际遇的改变而刻意疏远旧日的好友，虚伪之

戏里戏外 看甄嬛·品古诗词的意境

至，令人惋惜。这样的世道、这样的情感，得来的只是负担。面对种种这些，时常会感觉自己累了、厌倦了。

但回过头来，细细再想，比起甄嬛自己反之庆幸，身边有这么些值得感激、爱护的情感，因为这些仍能温暖我曾经冰冷的心房。愿这世间早日远离虚伪。

一朝不得意，世事徒为空

怨歌行

——（唐）李白

十五入汉宫，花颜笑春红。

君王选玉色，侍寝金屏中。

荐枕娇夕月，卷衣恋春风。

宁知赵飞燕，夺宠恨无穷。

沉忧能伤人，绿鬓成霜蓬。

一朝不得意，世事徒为空。

鹔鹴¹换美酒，舞衣罢²雕龙³。

寒苦不忍言，为君奏丝桐。

肠断弦亦绝，悲心夜忡忡。

【注释】

一、鹔鹴：鸟名。雁的一种。这里代指以其羽毛制成的衣裳。

二、罢：通"疲"。

三、雕龙：谓舞衣上雕画的龙纹。

【语译】

女子被选入汉宫伺候皇上的那年正好十五岁，正值豆蔻年华。她年轻貌美，稚嫩得连花儿都自叹自己不如她的美丽。皇上见了，自然也对她感到格外的满意。于是便将她留在深宫内苑中侍寝。那一段日子，女子荐枕娇喘羞夕月，卷衣恋恋春风妒，令皇上沉迷不已。

可惜好景不长，宫里突然来了个赵飞燕，轻易便夺去了女子的皇宠。皇上再也不曾眷顾她，徒留她孤单失落、遗恨无穷。终日沉浸在忧愁之中，让她过早地绿鬓变成白霜蓬草。

人生已是不得意，所有的一切也就尽成空虚。就将那袭鹔鹴绣衣裙换美酒买醉吧，就让那舞衣上的绣金雕龙永远地歇息去吧。苦涩难言之际，她只有用琴声表达心中的祈盼君王的情愫。只是，弦易断，肠也易断，徒留悲戚夜夜忡忡。

【从诗词看甄嬛】

十五入汉宫，花颜笑春红。

我常在想，那些被选入宫中的女子，她们最真实的心情究竟是怎么样的呢？不要像现代宫廷剧一样，对这些女子当选的心情有过多的渲染，不要过分的刻画，更不要有太多太多的修饰，单单只要还原她们最最真实的心情便好。

是跃上枝头的喜悦呢？

是远离家乡的伤感呢？

还是与旧情人依依不舍、难以割舍的悲哀呢？

又或者如甄嬛当初进宫时的那种只是转转就好的无谓心态呢？

其实想想，这古时的后宫，还当真可怕，一入宫门深似海，那

样一座绿瓦红墙的牢笼，就这样把一个正值妙龄的青春少艾困在里头，没有自由、不能言语、步步惊心，稍有不慎，便可能看不到第二天的太阳。更离谱的是，这样的一个可怕的牢笼，里面困住的，还不止一个妙龄少女，而是三宫六院、不计其数！

我写至今日，实在是提不起兴致来对里面的皇帝多做笔墨的渲染，说真的，就他那种对待妃嫔们的手段，我着实不能与之认可苟同。

细细品读、研究，兴许你会发现这样的一个问题，皇上一直对着纯元皇后念念不忘，乃至于看待其他妃嫔都要习惯性地加以"宛宛类卿"作为比较，似乎"纯元已是天上有，后宫再无几人同"了。他对纯元的怀念，的确打动了很多人。可我怎么就总感觉不外如此呢？我怎么就总感觉皇帝老爷子其实也就是掉进了"得不到的和已失去的便是最好的"怪圈子呢？

直到后来，在端妃的言语中，我才看出了端倪："纯元与宜修同为太后娘家适龄女子，纯元嫡出，宜修庶出。原本太后属意沉稳的宜修成为皇后，因为宜修年幼，入宫先封娴妃，只等生子封后。然而宜修有孕纯元进宫陪伴，在太液池遇上皇上，一见钟情，皇帝立时去求太后迎她入宫为后，执意连太后也不能违拗其心意。"

看吧！这些个字里行间写得清楚明白：宜修先入宫册嫁于皇上被封为娴妃，并怀上了皇上的皇子！到了这里，青春年少的宜修整个人从头到脚连同着一整颗心都让皇上完完整整地得到了、拥有了。在皇上的角度来看，宜修是他五指山里的孙猴子了，怎么都逃不出他的手掌心了。所以，就在宜修怀孕的这个关键得不得了的时机，新的戏码开始了！

太液池旁，皇上遇见了进宫来陪伴妹妹的纯元！这个时候的纯

戏里戏外 看甄嬛 品古诗词的意境

元，初遇皇上，自然还不是他的"囊中之物"，所以令皇上向往、渴望，摩拳擦掌锲而不舍地想要把她追求到手。这是一个什么原因？自然是纯元是皇上"未曾得到的"，"未曾得到的"自然就是最珍贵、最向往的了。

兴许这样的变故，是宜修万万没有想到的，后宫之中，她再怎么心思缜密、事事小心地守候着皇上，再怎么如履薄冰、小心翼翼地经营着与皇上的爱情，都不能预料到自己的丈夫会"创造出"这样一种新鲜的玩儿法吧？

事已至此，宜修无奈之下，只得忍辱求全，主动上书，嫡庶有别，以纯元为后，自己为妃。真真印证了李白《怨歌行》里的这句"宁知赵飞燕，夺宠恨无穷"了。

若换作是在现代，我相信宜修定然不用如此委曲求全了，如今的婚姻自由，讲究真诚，哪容得枕边之人朝秦暮楚、三心两意的？只是在那样一个年代，男尊女卑，宜修"恨"了又能如何呢？还不是只能"寒苦不忍言，为君奏丝桐。肠断弦亦绝，悲心夜忡忡"。

纯元的出现，让皇上因为"得不到"而大肆追求而冷落了宜修，宜修暗地里是极为痛恨的。

纯元的病逝，让皇上因为"已失去"而纠结难舍而冷落了宜修，宜修暗地里是极为埋怨的。

所以从宜修的角度来看这整整一件事情，我其实对她是十分同情的，这样的一个女子，看似风光、荣华富贵，一人之下万人之上统理六宫，不可一世，可知背后的伤心落寞，兴许只有她自己才能够体会得到。

后宫之中，如宜修皇后这样一个位高至此的女子都有如李白《怨歌行》里那个被遗弃冷宫的女子一样的伤悲，更何况其他那些

根本得不到宠幸的妃子呢?

　　"一朝不得意,万事徒成空。"

　　如履薄冰的后宫爱情,可悲、可叹……

从《长相思》到《菩萨蛮》

长相思

——（五代）李煜

云一涡，玉一梭。

澹澹¹衫儿薄薄罗，轻颦双黛螺²。

秋风多，雨相和。帘外芭蕉三两窠³。

夜长人奈何？

【注释】

一、澹澹：音淡，①亦作"淡淡"，水波动貌。张衡《东京赋》有"于东则洪池清蘥，渌水澹澹"。李善注引《说文》曰"水摇貌也"。②"澹"通"憺"，静止貌。《楚辞·九叹·愍命》有"心溶溶其不可量兮，情澹澹其若渊"。王逸注云"澹澹，不动貌也"。③广漠貌。

二、黛螺：螺子黛，乃女子涂眉之颜料，其色青黑，或以代眉毛。眉细如蛾须，乃谓蛾眉。更有以眉代指美人者。

三、窠：通"棵"。

【语译】

窗棂之后有个美丽的女子，她的头发高高盘起，发髻之上还插着一根碧绿如织梭一样的玉簪，她身上穿着浅浅淡淡、轻薄如丝的纱罗，曼妙身姿玲珑毕现，美丽的她呦，此刻却紧紧地蹙着眉头，致使原本秀丽的眉头上好像突然隆起了两个小青螺一般。美丽的她呦，为什么要皱着眉儿？难道她有什么忧愁的事儿未曾如愿么？

不知不觉间，秋风骤起，秋风飒飒的声音与淅淅沥沥的雨声相互纠缠整夜不休，正是一场秋雨一层凉，夜里记得多添裳。秋雨打在她窗棂之外的两三丛芭蕉上哗啦啦地响个不停，就好似她思念的珠泪涟涟，他呀他，此刻身在远方，我却为何如此地相思，辗转难眠，无可奈何地盼望着快一点夜尽天明，只是为什么这漫漫长夜如此难熬啊？

【从诗词看甄嬛】

果郡王第一次见到甄嬛裸着一双玉足，在池边玩水，一时情动，口中吟诵的便是著名词人、南唐后主——李煜的一首《长相思·云一涡》。

《长相思·云一涡》是李煜早期的作品，史上多传言，这阙词其实是李煜为思念他的妻子——娥皇所写的。娥皇就是人们口中常说的大周后，她是南唐开国元老周宗的女儿，诗词歌赋样样精通，尤其擅长音律，弹得一手好琵琶。她还能即兴作曲，更修复了失传已久的唐明皇时代的《霓裳羽衣曲》，后又与李煜共同编成《霓裳羽衣舞》。

原本她与李煜之间的婚姻，只是起于政治上的联姻，谁知二人原本无心，却在洞房之内一见钟情、恩爱缠绵，实可谓"无心插柳

柳成荫"。传说大周后那时回家省亲，只是短短的三两日，但这对
李煜而言，却是寂寞难耐的。思念煎熬着他，漫漫长夜里孤独难
眠，唯有赋词以慰藉相思，因此这个才情洋溢的皇帝写下了这阙
《长相思》。

词的上阙写娥皇离家前的装束，清丽超脱又仿佛闻得见女儿家
身上的淡淡胭脂香。下阙写雨打芭蕉，表达凉风长夜，有人寂寞相
思愁。李煜借此来抒发自己思念娥皇那种迫不及待的、焦灼的
心情。

李煜的故事讲到这里，看到李煜与周娥皇夫妇两人心心相印、
两情相悦，着实是挺让人感觉舒心的。这里暂且不提，回过头来，
让我们再来看看皇上和他的一众后妃吧。

除夕的那天夜里，皇上怀念纯元来到了倚梅园，阴差阳错间因
为一句"朔风如解意，容易莫摧残"而错将一个身份卑微且肚子倒
不出半点墨水，空有一串坏心思的余莺儿纳入自己怀中，这明显就
是一个大乌龙嘛。可好笑的是，偏偏那时的皇上"不识庐山真面
目"，还以为余莺儿便是上苍感念他对纯元的一往情深而赐给他的
宝贝呢。

你看他那个新鲜劲儿铆得多足，一夜之间把余莺儿从一个莳花
宫女直接晋封为更衣，之后，他对余莺儿的这股劲儿，就如牛市的
股票一般接连飙红，一发不可收拾了，一个月内连迁采女、选侍两
级，还册封她做七品妙音娘子，赐居虹霓阁。

每每谈及这里，我就觉得不可思议。话说这后宫之中粉黛三
千，每一个可都是才情并茂、知书达理的，而这个余莺儿呢？从戏
中她那恃宠而骄、不可一世而又蛮不讲理的样子，就不难看出她其
实也就是一个没有啥文化修养的、靠着"瞎猫碰上死耗子"的"狗
屎运"鱼目混珠捡了甄嬛便宜的普通女人罢了。难道皇上他阅尽后

宫佳丽无数，到了余莺儿这里就偏偏看走了眼，对她的粗俗造作一点都感受不到？不可能吧？那他这接连不断地对余莺儿的升迁、纵容讲究的又是哪一桩？

关于这一个问题，我一直对皇上的做法打着一个问号，偏就在不久之后，一次偶然的"闲逛"，皇上终于在太液池旁碰上了女主角——甄嬛！

皇上连那个"绣花枕头"余莺儿都可以宠得如珠似宝了，那就更别说眼前这个才情并茂、气质高雅的甄嬛了。她和余莺儿那简直是一个在天，一个在地，没办法作比拟的。皇上可是老道的"聪明人"，这一点自然不在话下了。

于是，余莺儿的好戏开始了。当然，她的好戏不是一步一步登上受宠的巅峰，却是随着皇上对她的新鲜耗尽、日渐冷落而变得形同"鸡肋"。再加上她这个人还偏偏不识好歹，因为自己的失宠，居然还在后宫中搞出了一系列的事端，导致最终皇上受不了她、甄嬛容不得她！

当然，我同样也是无法认同皇上对甄嬛的感情的，总觉得既来得仓促，又来得太假。或许是我没有办法去感同身受那样一个年月，身为"万人之尊"的帝王们的感情心理色彩吧。只觉得接下来的那一段时光，皇上宠着甄嬛那可真是让华妃一众人等羡慕忌妒恨得几乎咬碎了银牙的。

看着这些情节，感觉皇上也有了后主李煜在《长相思·云一涡》中对大周后的爱恋依赖了，并且可以和李煜有得一比，不相上下呢。

不过，后主李煜的爱情故事，可不止一阕《长相思·云一涡》这么简单哦。随着年月的变迁，他的爱情故事会越来越多姿多彩，当然咱们的男主角皇上在往后的日子里也会在自己的感情戏码里再接再励，与后主李煜并驾齐驱，不相上下的。

从《菩萨蛮》到《长相思》

菩萨蛮

—— (五代) 李煜

花明月暗笼¹轻雾，今宵²好向郎边去。

刬袜³步香阶⁴，手提⁵金缕鞋。

画堂⁶南畔⁷见，一晌⁸偎⁹人颤。

奴¹⁰为出来¹¹难，教君¹²恣意怜¹³。

【注释】

一、笼：别作"飞"、"水"。笼轻雾，笼罩着薄雾。

二、今宵：别作"今朝"。

三、刬袜：别作"钗袜"。刬：（音 chan 上声），意为去除。"刬袜"不是指脱去袜子光脚走路，而是脱去鞋子，以袜子着地。

四、香阶：台阶的美称。

五、手提：别作"手携"。

六、画堂：绘饰华丽精美的殿堂。

七、南畔：南边。

八、一晌：别作"一向"。同一晌，即一时，刹时间。表示很

短暂的时间。

　　九、偎：别作"畏"。紧挨着。"一晌偎人颤"意思为一下子扑到他人的怀里，紧紧依偎着。

　　十、奴：别作"好"。奴，奴家。古代妇女的自称。

　　十一、出来：别作"去来"。

　　十二、教君：别作"教郎"、"从君"。教君，让你。

　　十三、怜：爱怜。

【语译】

　　月色迷蒙的春夜，四周里寂静无声，有薄薄的轻雾漂浮在后花园的花前廊下。夜色之中，有个满心喜悦的女子悄然而至。就要见到期待已久的情郎了，她是这样地激动与紧张啊。要知道她期待这样的一个夜晚已经很久了。女子兴奋地四下里张望着，心头犹如小鹿般乱撞。她是多么想快一点见到自己的情郎啊，却又害怕让别人听见了自己的脚步声，泄露了行踪。于是她干脆脱掉自己的绣鞋提在手中，只穿着雪白的袜子在后花园的迂回曲折的台阶上不停地往画堂南边奔跑而去。就在那个灯火幽暗的角落里，此刻正徘徊着一个颀长俊逸又迫不及待的身影，只见女子飞扑过去，沉溺在他的怀中，紧紧地拥抱、依偎着他，媚眼如丝、娇喘盈盈，任是有道不尽的恩爱缠绵、说不完的卿卿我我："郎君啊，你可知奴家出来这一趟多不容易啊，今夜我是你的，请你一定要尽情地怜爱我呀。"

【从诗词看甄嬛】

　　写这篇译文恰逢午后，明媚的阳光在午后慵懒的树叶间斑斓闪烁，我忽然想起少女时代曾看过的一出粤剧。

　　剧中俏丽妩媚的女子提着一双被人缝上铃铛的绣鞋千辛万苦地

来到自己的情郎身边，一见面便是连连的娇嗔埋怨，道是自己的姐姐好不客气，为了防止她前来寻他，特意在她的鞋子上镶上这些叮叮当当的铃铛儿，害她这一路上不得不脱掉了鞋子，一双娇嫩玉足都让崎岖不平的鹅卵石给磨破了。女子的这番话语，惹得情郎心疼不已，呵护连连。

这一出戏码里，俏丽妩媚的女子是前面提过的唐五代大周后——周娥皇的妹妹女英，她由于此次的"夜奔"而"奠定"了自己日后的感情基础，在大周后暴毙之后光荣地登上了皇后的宝座，人称"小周后"。而至于戏中的俊逸男子嘛……相信不用小女子再多花费口水，君也明了其人是谁了吧？

不错，他就是五代十国时南唐国君——李煜，此人不谙政治，但文学艺术才华却非常出众。精书法、善绘画、通音律，诗和文均有一定造诣，尤以词的成就最高。在政治上失败的李煜，却在词坛上留下了不朽的篇章，被称为"千古词帝"。他的杰作《虞美人》、《浪淘沙》、《乌夜啼》那可是千百年来脍炙人口的。当然，让人念念不忘的，还有他的这首《菩萨蛮·花明月暗笼轻雾》。

其实，这是一首描写男女幽会偷情的词。相传是李后主与小周后偷情生活的写照，是后主的早期词作。

这首词描写男女幽欢的场景，其思想精神格调确实不高，但是胜在细节描写十分细腻生动，极具艺术特色。妙龄少女去约会的紧张与期待，见到情郎之后的热烈与大胆，生动细腻，直接的口语化道白，表达得酣畅淋漓，更加鲜明地勾勒了少女的性格和形象。

只可叹，前面我们还在为李后主的一阕《长相思·云一涡》而大赞他与大周后伉俪情深，如今回过头来，却马上要开始来评品他的这阙"幽会偷情词"了。

陆游的《南唐书·昭惠传》中有这样的一段文字记载：公元

954 年（后周显德元年），李煜十八岁，纳昭惠，是谓大周后。十年后，大周后病重，一日，见小周后在宫中，"惊曰：'汝何日来?'小周后尚幼，未知嫌疑，对曰：'既数日矣。'后恚怒，至死，面不外向。"

公元 967 年，大周后死后三年，小周后被立为国后。马令在《南唐书·昭惠后传》也有这样的记载：小周后"警敏有才思，神采端静"，"自昭惠殂，常在禁中。后主乐府词有'划袜步香阶，手提金缕鞋'之类，多传于外。至纳后，乃成礼而已"。可见这阙词千真万确所写的就是李煜与小周后婚前的一次幽会。

不得不再次佩服古代的无上君王们了，怎么就这么潇洒多情、精力旺盛呢？那厢与大周后的海誓山盟、旖旎缠绻还历历在目，这厢便于小周后打得火热、缠绵不舍了。难不成，他和雍正皇上有着共同的理由——宛宛类卿？

彼时的周娥皇，此时的周女英。

彼时的甄嬛，此时的安陵容。

这四个女子之间，说真的，遭遇也是甚为相同的。

那日尽管一切是在甄嬛的刻意安排之下发生的，但是安陵容的歌喉，还是宛若塘中碧莲般郁郁青青，又似起于青萍之末的微风，清新醉人，只有昆山玉碎、香兰泣露才勉强得以比拟。这样的歌声叫人销魂蚀骨，只愿沉溺在歌声里不想再起。如此美妙的歌声，自然是让皇上如痴如醉沉溺不已的。于是皇上便跌入了安陵容的温柔乡里，速度之快，兴许是连甄嬛也有些预料不及的吧？

从宜修到纯元、从纯元到华妃、从华妃到余莺儿再到甄嬛，再从甄嬛到安陵容，这中间，皇上还有着其他多不胜数的妃嫔女子。只是当每一段艳遇开始之时，不知皇上有没有想起过往日里身边的这些红颜呢？

当每一次李后主幽会小周后和雍正皇上喜结新欢时，他们有没有想过自己身后女人们对他们的所作所为保持如何的一种心情呢？

可怜大周后知晓自己的妹妹和李煜的风流艳事之后会恚怒，至死，面不外向。

那种愤恨，那种无奈何，那种悲痛，正如甄嬛一双苍白如月下聚雪的素手中那几瓣殷红如血的辛夷花瓣一般，格外刺目，骤然清晰，惊悚刺目却又蜿蜒分明。

此一时，彼一时，从《长相思》到《菩萨蛮》，何谈情深？任岁月荏苒，似水悠悠，不提也罢。

欢行白日心，朝东暮还西

《子夜歌》（节选）

——汉乐府

侬[一]作北辰星[二]，千年无转移。

欢[三]行[四]白日心，朝东暮还[五]西。

【注释】

一、侬：吴地人自称，意即"我"。

二、北辰星：即北极星。

三、欢：对所爱者的昵称。

四、行：施行。

五、还（音旋）：转，旋。

【语译】

我的感情像是北极星一样，千万年都不变。而你的心却像白日的太阳，早上那个还在东边，晚上就到了西边。

【从诗词看甄嬛】

《子夜歌》是乐府吴声歌曲名。曲调相传是晋代一个叫子夜的

女子所创作。现存晋、宋、齐三代歌词四十二首,收入《乐府诗集》中。其内容均写男女恋情,是女子吟唱其爱情生活的悲欢,形式为四句五言句。诗中多用双关隐语,活泼自然。由《子夜歌》后又衍生出《大子夜歌》、《子夜四时歌》等曲。

宜芙馆前镜桥,面对甄嬛的一腔愁怀,端妃的心底异常的平静,亦不多做安慰,只是引用了《子夜歌》中的一句"欢行白日心,朝东暮还西",云淡风轻地对甄嬛叹道:"贵人何须如此伤感。本宫本是避世之人,有些话原本不需本宫来说。只是贵人应该明白,古来男子之情,不过是'欢行白日心,朝东暮还西'而已,何况是一国之君呢?贵人若难过,只是为难了自己。"

好一句"欢行白日心,朝东暮还西",对于它的理解,兴许无人能比端妃来得深刻吧?若说《甄嬛传》中的女人都是间接地或者直接地受着皇上的伤害,那么在整整的一出戏中,便只有端妃的心,始终是冷静而明澈的。

这首《子夜歌》将女子与男子对待爱情的不同态度作了鲜明的对比。女子的爱情像北极星一样坚贞不移,而男子的心则像太阳一般朝东暮西。诗歌的言辞之间充满了激忿之情,表达了对男子变心的谴责。

当年皇上还只是雍亲王的时候,皇上的身边,有两个同为将门所出的女子,端妃——齐月宾和华妃——年世兰。

虽说同为将门里出来的女子,端妃与华妃却是有天壤之别的,端妃生性端庄大方、平易近人,在雍王府中犹如一朵安静绽放的蓝月季一般与世无争。

她没有宜修、纯元那般的雍容华贵,只是悄无声息地等待着皇上、凝视着皇上,喜其所喜,愁其所愁。

华妃是武将年羹尧的亲妹妹,年羹尧是皇上身边的得力武将,

后来的皇上之所以能登上天子宝座，年羹尧的功劳着实不少。所以，一直以来，华妃便深得皇上的喜爱。可是华妃的性格与端妃却是截然不同的，华妃善妒、性情跋扈，在她的眼中，皇上只能是她的唯一，她的眼里容不得王府之中、皇上身边有其他女子的存在。

那一年，华妃与端妃在雍王府中形成了天然的对比，一个是无争的蓝月季，一个是艳烈灼目、情有独钟的红芍药。偏偏这两个性格迥然不同的女子在现实的磨合中，成为了无话不说的好朋友。

她们的友情，一直延续到后来，华妃有孕，怀上了皇上的孩子。然而这个本该让人感到喜悦的消息对于皇上来说，却有如晴天霹雳般的危险。

对于皇上来说，将华妃留在身边宠爱备至，并无关爱意，他只是以此来牵制、安慰年羹尧罢了，因为皇上深谙华妃腹中的孩子如若降世，只恐日后皇权会被年家势力所控。因此，华妃腹中的血脉，是定定留不得的，可是又能有什么样的办法将之除掉又不留后患呢？就在这个时候，皇上想起了安静的端妃。

试问整个雍王府之中，还有谁比端妃更适合去做这件事情呢？

于是一碗加了"猛料"的"安胎药"被毫不知情的端妃端着，送进了华妃的房中。我只是看不起皇上，"虎毒善不食子"，而他此时此刻却为了自己的一手皇权，要借着另一个爱他的女子的双手去杀死自己的亲骨肉！

华妃对于端妃是毫无防备的，所以"安胎药"她不假思索地一饮而尽，腹中骨肉也随之化为乌有。可怜的端妃也换得一壶红花了断了今生今世的儿女之缘。

整个后宫之中，端妃是最先受到皇上伤害的女子，他辜负了她的感情，他利用了她的感情。善良如斯的她本以为安静无争便能在王府之中安然度世，岂料"树欲静而风不止"？

端妃的悲痛莫过于心死，一碗"安胎药"让她彻底地认清了所爱男子的狰狞面目，一碗"安胎药"了断了她一生所有的幸福，一碗"安胎药"也让她幡然醒悟"帝王身边无真爱"。

当然偌大的红尘，所有的事物往往都有着两面性，"塞翁失马，焉知非福"。多年以后的某一天，当垂垂老矣的端妃回想起自己的一生，回想起在自己身边匆匆出现又匆匆离去的每一个人物，回想起发生在自己身边的所有是非恩怨之时，她兴许会发现老天是公平的。冥冥之中让她受伤至深、隐退深宫看似凄苦无比，却在无形之间让她借以韬光养晦，从背地里把这整个后宫看得一清二楚。一直到故事的终了，她终于有了出头之日，加封皇贵妃，而后成为皇贵太妃，是三千粉黛中极为少数的得以善终者。

端妃的故事告诉我们，纷扰红尘，看得透彻便是所得。

桐花万里路，连朝语不息

子夜歌

桐花¯万里路，连朝语不息。
心似双丝网，结结复依依。

【注释】

一、桐花：梧桐是中国文学中重要的植物意象，桐花则是清明"节日"之花，清明时节的政治仪式、宴乐游春、祭祀思念等社会习俗构成了桐花意象的文化内涵。

【语译】

万里绽放的桐花纷飞在一整个春天里。清朗饱满、枝枝相连、串串相拥的花朵好似诉不尽道不完的绵绵情意，脉脉相连间是双手相执的亲近，也是万水千山的相眷，默默不语的桐花开在这漫无边际的烟火人间竟是如此的适合。

不知为何，每至春来，闻见桐花淡雅的香气，便感觉似是故人来，即使多年不见，杳无音讯，或许已经淡忘了他的容颜，但是那种熟悉的气息，哪怕只是微微一丝，便足以唤起深藏在脑海中的所

有记忆和感动。美丽而清阔，绵密而清晰，仿佛相隔的岁月烟尘只是一瞬之间。年少的轻狂，离别的忧愁，故乡的轻烟，阡陌的微雨，统统都在桐花的幽香里，化成一声绵长而悠远的轻叹。

【从诗词看甄嬛】

平日里读书的安逸时分，最喜欢焚一盘袅袅的沉香，捧一本令人热泪潸潸的好书，放一段悠悠的乐韵，在一晌舒适的光阴里徜徉。这一刻，最爱的是那首淡淡绵长的《尘埃里的花》。

"遇见了你，心低到尘埃里，又在尘埃里开满了花，骄傲卑微都被你融化，愿岁月静好厮守锦绣年华……"

尘寰之中，总有无数次的相遇，偏偏就在那擦肩而过的空隙间与君相识，如三生石上早已篆刻。而后相知、相爱，似姻缘簿上红丝已然缠绕不清。

这样的相识、相知、相爱来得如此自然天成，毫不造作。无关彼此的身家背景、无关旁人的指责非议，如隆庆帝与舒贵妃一般。

舒贵妃的出身并不高贵，但隆庆帝遇见了她，却仍然不可自拔地深爱上了她，两人情深意笃。哪怕受到嫡母昭宪太后的不满与反对，隆庆帝都不惜重金召集全国能工巧匠，在太平行宫筑桐花台迎接其入宫行册封嘉礼。

隆庆帝在桐花台中赋予舒贵妃的深情千丝万缕、言之不尽，唯有用"桐花万里路，连朝语不息"才能作细腻的表达。在诸多的帝王之中，敢于穷其一生只钟情一妃的只有隆庆帝一人，这样的情怀，不得不令人为之深深折服。

自然界中，桐花分布广泛。郊原平畴、村园门巷、深山之中、驿路之旁、水井之边、寺庙之内都是梧桐的栽植之地。梧桐树干高耸、树冠敷畅，桐花也硕大妖媚，自有一番元气淋漓、朴野酣畅之

美，李商隐曾有诗句描写"桐花万里丹山路"极具气势。桐花花色紫白相间，紫色是中间色，白色是淡色，远远观之，分外沉静、素雅。

"桐"与"童"谐音，桐花落，结桐子。童花，是未出嫁的女子，女子嫁到婆家，生儿育女、开枝散叶、宜其室家，这是多么平凡朴实的幸福。

隆庆帝赋予桐花台殷切的愿望，今生今世他只愿与舒贵妃，满树桐花开，遍地幸福来。桐花，作为一个坐拥六宫，却又三千弱水只饮一瓢的君王来说，这是多么热烈而又不凡的爱恋啊！

爱得这样缠绵，也不枉来这世上一遭了。相信此生对于爱情，舒贵妃已然再无他求了，所以后来，当隆庆帝驾崩之后，被加封为舒贵太妃的她，特请带发修行出家，在青灯古佛中，缅怀彼此的爱情。

隆庆帝虽已永远地离开，但是他和她的爱情并没有因此而消失，无论沧海桑田如何变迁，它都将深深地珍藏在她的心中。桐花万里路，开始的时候，是两个人执手相伴阅尽人间姹紫嫣红，慢慢地，两个人在尘寰之中走散了，只剩下伊人迎风伫立，剩下的路，就让她一人来完成吧，不知不觉间天暗了，桐花也落尽了。即使没有花，滚滚红尘中还剩下花的记忆。

冰肌玉骨，自清凉无汗

洞仙歌

——（宋）苏轼

余七岁时见眉山老尼，姓朱，忘其名，年九十余，自言尝随其师入蜀主孟昶〔一〕宫中。一日，大热，蜀主与花蕊夫人〔二〕夜纳凉摩诃池上，作一词，朱具能记之。今四十年，朱已死久矣，人无知此词者，但记其首两句。暇日寻味，岂洞仙歌乎？乃为足之云。

冰肌玉骨，自清凉无汗。

水殿〔三〕风来暗香满。

绣帘开，一点明月窥人，

人未寝，倚枕钗横鬓乱。

起来携素手，庭户无声，

时见疏星渡河汉。

试问夜如何？夜已三更。

金波〔四〕淡，玉绳〔五〕低转。

但屈指西风几时来？

又不道〔六〕流年暗中偷换。

【注释】

一、孟昶：五代蜀后主，知音律，善填词。宋师伐蜀，兵败而降。

二、花蕊夫人：孟昶的贵妃，姓徐，别号花蕊夫人。

三、水殿：指摩诃池边的宫殿。"摩诃"，梵语中是大的意思。摩诃池，建于隋代，在成都城内。

四、金波：月光。

五、玉绳：星名。

六、不道：不觉。

【语译】

当年我七岁的时候，曾在眉山之中遇见一位老尼姑，只记得她姓朱，却忘了她的名号。那个时候老尼姑已是九十多岁的高龄了。她说她年轻的时候曾随师傅到蜀主孟昶的行宫之中。有一天夜晚，天气很热，蜀主带着花蕊夫人摩诃池边纳凉，并且当即作了一阕词。朱师傅一直记忆犹新。如今不觉已经过了四十年，朱师傅早已位列仙班，蜀主的那阕词也因此而失传了。唯有我能记得当年朱师傅念的头两句。经过连日来的吟诵玩味，却发现这不正是《洞仙歌》的韵律么？且不妨让我来照着《洞仙歌》的格律，试着将这首词补全吧。

她有着冰一样清莹的肌肤，玉一般润泽的身骨，即便是在炎炎夏日，她也自是遍身清凉，全无汗染之气。她就住在清凉的水殿里，微风吹来，幽幽的清香飘满宫室，氤氲不去。清风徐来，绣帘微开，一缕月光泻进室内，像是在把美人窥探。美人尚未入睡，但见她斜靠绣枕，宝钗横插，秀发微散，仿佛若有所思。

起身来携手漫步，夜已深，庭院中悄无声息；仰望夜空，月明星稀，不时有流星闪烁，划过银河。请问现在该是什么时辰了？一定已经三更了，你看，月光渐渐暗淡，玉绳星也已低落。屈指算算，秋天什么时候会来；而盼得秋来，却不料年华似水，在不知不觉中又已流逝。

【从诗词看甄嬛】

每个人，都有一段记忆，埋藏在心灵最深的地方，唯有在夜深人静、月影婆娑的时候，才会慢慢地任之蔓延，泛上心头。

在甄嬛的记忆中，那段皇上宠爱备至的时光，永远都将是她前半生难舍的回忆。他宠她时，可以任之俏坐膝上，巧剥红菱，甜言蜜语，巧笑倩兮。只是这样的宠溺、这样的爱怜又能在皇上的心中维持多久呢？

两情相悦自是最好的，却难耐风刀霜剑严加相逼。

这一日，甄嬛坐在皇上膝上剥红菱，皇上取笑她时，她倩笑吟诵的"冰肌玉骨，自清凉无汗"出于苏轼的《洞仙歌》。

《洞仙歌》，又名《羽仙歌》、《洞仙词》等，原为唐教坊曲名。此调有令词，有慢词。苏轼的这一首为令词。"洞仙"，道家说神仙居住在名山洞府，故称之。

这首词作于元丰五年（公元1082年），当时苏轼正谪居黄州。词作附有一篇小序，是苏轼讲述自己填写此词的缘由：根据后蜀国主孟昶余下的头两句，补足为一首完整的《洞仙歌》词。从序文看，好像带有游戏笔墨的味道，但文中突出交待九十老尼朱氏记词经历，谓"今四十年，朱已死久矣"，已带有人生易老、时光易逝的感慨。读罢全词，更能体味这是一篇作者有意寄怀之作。

孟昶，五代时后蜀国君，知音律，能填词。宋师伐蜀，兵败投

降。花蕊夫人，孟昶的贵妃，貌美，多才多艺，善诗文。其《述国亡诗》颇受人称道："君王城上竖降旗，妾在深宫那得知？十四万人齐解甲，宁无一个是男儿！"据《能改斋漫录》记载，花蕊夫人姓徐，因"花不足以拟其色"，故名为花蕊夫人。后改称慧妃，"如其性也"。

这首词描述了五代时后蜀国君孟昶与他的妃子花蕊夫人夏夜在摩诃池上纳凉的情景。苏轼在词中化用《庄子·逍遥游》："藐姑射之山，有神人居焉。肌肤若冰雪，绰约若处子。"的含义，用夸张的手法，真实而生动地表现出花蕊夫人美丽的容貌以及她超凡脱俗的高洁气质，表达了自己对时光流逝的深深惋惜和感叹。

上片写花蕊夫人帘内倚枕。开头二句勾勒了她的绰约风姿：丽质天生，有冰之肌、玉之骨，本自清凉无汗。接下来，苏轼又抓住水殿、风、香等景物特征，构成一种宁静的意境，令人仿佛身临其境。同时又给人留下丰富的想象空间：水殿是什么样？暗香是什么香？居住在这里的主人又该是如何清雅不俗？

其后，苏轼借月之眼以窥美人倚枕的情景，以美人不加修饰的残妆——"钗横鬓乱"，来反衬她姿质的美好。上片所写，是从旁观者角度对花蕊夫人所做出的观察。

下片直接描写人物自身，通过花蕊夫人与孟昶夏夜偕行的活动，展示她美好、高洁的内心世界。"起来携素手"，写她已由室内独自倚枕，起而与爱侣户外携手纳凉闲行。"庭户无声"，制造出一个夜深人静的氛围，暗寓时光在不知不觉中流逝。"时见疏星渡河汉"，写二人静夜望星。以下四句写月下徘徊的情意，为纳凉人的细语温存进行气氛上的渲染。

以上，苏轼通过写环境之静谧和斗转星移之运动，表现了时光的推移变化，为写花蕊夫人纳凉时的思想活动做好铺垫。

人生不易，常常是在现实缺陷中追求想象中的美境；而美境纵

戏里戏外 看甄嬛 品古诗词的意境

来，情况又随之有变了。苏轼借花蕊夫人叹时光流逝、怕青春老去，实际上是抒发自己人生无常的怅惋之情。

这首词写古代帝王后妃的生活，艳羡、赞美中附着作者自身深沉的人生感慨。全词清空灵隽，语意高妙，想象奇特，波澜起伏，读来令人神往。

不得不感叹甄嬛选择在这样一个场合里吟诵这阙词的聪慧。如斯的良辰美景，与良人为伴，无限的旖旎风光，谁不愿宁此长醉，不做梦醒呢？只可惜人便如此，越是感觉珍贵便越想长久地将珍贵保留在自己的身边，唯恐时光易逝，青春易老，郎心易变。

山中人兮杜若香

九歌·山鬼
—— 屈原

若有人兮山之阿⁻，被²薜荔兮带女萝³。

既含睇⁴兮又宜笑⁵，子慕予兮善窈窕。

乘赤豹⁶兮从⁷文狸⁸，辛夷车⁹兮结¹⁰桂旗¹¹。

被石兰¹²兮带杜衡¹³，折芳馨兮遗¹⁴所思。

余¹⁵处幽篁¹⁶兮终不见天，路险难兮独后来。

表¹⁷独立兮山之上，云容容¹⁸兮而在下。

杳冥冥¹⁹兮羌²⁰昼晦，东风飘兮神灵雨²¹。

留灵修²²兮憺²³忘归，岁既晏²⁴兮孰华予²⁵？

采三秀²⁶兮于山间，石磊磊兮葛蔓蔓。

怨公子²⁷兮怅忘归，君思我兮不得闲。

山中人兮芳杜若²⁸，饮石泉兮荫松柏，

君思我兮然疑作²⁹。靁³⁰填填³¹兮雨冥冥，

猨³²啾啾兮又夜鸣。风飒飒兮木萧萧，

思公子兮徒离忧。

【注释】

一、山之阿（ē）：山隈，山的弯曲处。

二、被（pī）：通假字，通"披"。

三、薜荔、女萝：皆蔓生植物。

四、含睇：含情而视。睇（dì），微视。

五、宜笑：笑得很美。

六、赤豹：皮毛呈褐的豹。

七、从：跟从。

八、文狸：毛色有花纹的狸。

九、辛夷车：以辛夷木为车。

十、结：编结。

十一、桂旗：以桂为旗。

十二、石兰：香草名。

十三、杜蘅：香草名。

十四、遗（wèi）：赠。

十五、余：我。

十六、篁：竹。

十七、表：独立突出之貌。

十八、容容：即"溶溶"，水或烟气流动之貌。

十九、杳冥冥：又幽深又昏暗。

二十、羌：语助词。

二十一、神灵雨：神灵降下雨水。

二十二、灵修：指神女。

二十三、憺：安乐。

二十四、晏：晚。

二十五、华予：让我像花一样美丽。华，花。

二十六、三秀：芝草，一年开三次花，传说服食了能延年益寿。

二十七、公子：也指神女。

二十八、杜若：香草。

二十九、然疑作：信疑交加。然，相信；作，起。

三十、靁：同"雷"。

三十一、填填：雷声。

三十二、猨：同"猿"。

【语译】

好像有人在那山隈经过，是我身披薜荔腰束女萝。

含情注视巧笑多么优美，你会羡慕我的姿态婀娜。

驾乘赤豹后面跟着花狸，辛夷木车桂花扎起彩旗。

是我身披石兰腰束杜衡，折枝鲜花赠你聊表相思。

我在幽深竹林不见天日，道路艰险难行独自来迟。

孤身一人伫立高高山巅，云雾溶溶脚下浮动舒卷。

白昼昏昏暗暗如同黑夜，东风飘旋神灵降下雨点。

等待神女怡然忘却归去，年渐老谁让我永如花艳？

在山间采摘益寿的芝草，岩石磊磊葛藤四处盘绕。

抱怨神女怅然忘却归去，你想我吗难道没空来到。

山中人儿就像芬芳杜若，石泉口中饮松柏头上遮，

你想我吗心中信疑交错。雷声滚滚雨势溟溟蒙蒙，

猿鸣啾啾穿透夜幕沉沉。风吹飕飕落叶萧萧坠落，

思念女神徒然烦恼横生。

【从诗词看甄嬛】

银月弯弯，流水潺潺，十里荷塘，浮萍扁舟。自诩这一生当再难忘今夜的一切景致。

只是这荷塘十里，却为何悠然弥漫着杜若的暗香？是无心偏差，还是机缘巧合，抑或是造化弄人？

甄嬛灵敏，于是随口一问："似乎是杜若的气味？只是不该是这个季节所有。"

果郡王只是淡淡答道："山中人兮芳杜若，屈原大夫写的好《山鬼》。"

"山鬼"即一般所说的山神，因为未获天帝正式册封在正神之列，故仍称山鬼。屈原此篇所描写的可能就是早期流传的神女形象。她只能在夜间出现，没有神的威仪，和《九歌》中所祀的其他神灵不同。歌辞全篇都是巫扮山鬼的自白。楚国神话中有巫山神女的传说。

巫山是楚国境内的名山，巫山神女是楚民间最喜闻乐道的神话。

果郡王是舒太妃之子，皇帝十七弟，英俊潇洒，玉树临风，天性喜爱自由，不喜拘束，在宫人眼中，却也是个潇洒无忧的神仙公子。在礼制多多、拘束不已的宫闱之中，果郡王的存在犹如神话。

更确切地说，果郡王并不属于皇宫！

首先，是他弱水三千，只取一瓢饮——今生只娶"一心人"的爱情观。

一座巍巍的桐花台让果郡王自幼便见证了父母的情深意重和恩爱如斯，他已然感受到了所有爱情中最真实、最本质的诚挚和温暖。所以，他期盼爱情、相信爱情、崇尚爱情。他唯愿自己的一生，只钟爱那个他心仪的妻子，就如先帝爱他的额娘一样，桐花万里，恩爱不息。作为一个已经二十五岁的近宗亲王来说，拥有这样的爱情观，在本就该三宫六院沉溺不止的皇家男子中实在另类。

走入《九歌·山鬼》的字里行间，忽见，楚人传说中的巫山神女正喜孜孜飘行在接迎神灵的山隈之中。"若有人兮山之阿"仿若一个远镜头的出现，惊喜地发现她竟是如此的俏丽。若隐若现的身影，缥缈神奇。

迫不及待地期待镜头的拉近，终于看见眼前这位身披薜荔、腰束女萝、清新鲜翠的女郎的翩翩风采！此刻，她正秋波微微流转、脉脉深情；嫣然一笑间齿白唇红、笑靥生辉！

回过头来，再让你我好好回味一番风流倜傥的果郡王吧。

甄嬛第一次见到果郡王，是在扶荔殿旁御苑的小池畔，"抬眼，见他斜倚在一块雪白太湖山石上，身上穿了一件宽松的泼墨流水云纹白色绉纱袍，一支紫笛斜斜横在腰际，神情慵倦闲适"。这样的装束，在深宫之中全无皇孙贵族的腔调，却增添了几分闲云野鹤的悠闲。只是其间郡王微醺，乃至于看了甄嬛的裸足而言辞轻佻，让甄嬛甚为反感。

甄嬛第二次见到果郡王，池畔匆匆道别随后的家宴之上，也就是甄嬛一曲《惊鸿舞》，令皇帝及众人叹为观止之后。只不过这一次再见，他淡然一笑，"沈腰潘鬓，如琼树玉立、水月观音，已不是刚才那副无赖轻薄的样子"。这次，果郡王与座上其他的郡王一比，可就显得风流才情、大相径庭了。

而到了莲池扁舟的这一夜，他在甄嬛的眼中已然与往时大为不同了。"意态闲闲，划桨而行，素衣广袖随着手势高低翩然而动，甚是高远"。

人与人的相识、相知其实是大自然一个恒定的规律，在这个规

戏里戏外看甄嬛 品古诗词的意境

律之中，你我由生疏到熟稔、由了解浅薄到感知深厚，都是一个循序渐进的过程。仿如此间有一条细细的红线，将彼此牵扯着，一步一步、一点一点，越来越近。当然在这个过程中，有的人走散了，有的人留下了。在这个过程之后，有的人因为了解而相守一生，有的人则因为看透而缘尽于此。

"怨公子兮怅忘归，君思我兮不得闲。山中人兮芳杜若，饮石泉兮荫松柏，君思我兮然疑作"。

我就在这里等待着你呀，你为何这般的姗姗来迟？你知道我的存在吗？你如果知道我的存在，你会想我吗？又或者你有自己的难言之隐，或者尘世的牵绊让你没空来到，我心中的人儿啊，你就像我怀中这芬芳的杜若花儿，不染俗尘，翩然若仙，让我从此牵肠挂肚、难以自拔。

从果郡王允礼遇到甄嬛的那一刻开始，他便在她身上看到了一种彻底的、完全的真实。他在倚梅园的梅枝之上拾到她的那枚剪纸小像，他不由感叹深宫之中居然有女子如此满腹才学而又淡然孤高。

缺席宫宴在湖畔感怀独饮之时他看到从宫宴中途溜出来的甄嬛玩心大起偷偷在湖畔浣足，他在她的身上，看到了自己不受拘束的影子。

他见她的一曲《惊鸿舞》婉若游龙、貌若惊鸿。她对音律的精通，让他深深折服。

七夕之夜，那朵盛开在角落里的安静无人知晓的夕颜，更让他看到她平静而又渴望安宁的内心世界……

他对她的这份向往，早已超脱了男女之爱、夫妻之情，而是那种追求精神境界的相同与相知，就在那一霎那间，他认定她就是今生今世的追寻。有如从未见过林黛玉的贾宝玉骤然之间那一句发自

肺腑的话语："这个妹妹我曾见过的。"

　　"该隐瞒的事总清晰，千言万语只能无语。爱是天时地利的迷信，原来你也在这里……"

字如其人

红莲映水，碧沼浮霞

赞卫夫人书
—— （唐）韦续

如插花舞女，低昂^一芙蓉；

又如美女登台，仙娥弄影；

又若红莲映水，碧沼浮霞^二。

【注释】

一、低昂：起伏；时高时低。

二、红莲映水，碧沼浮霞：对莲花及莲花在水面上的影子的描写。莲花一般是红色，在水面的倒影也显示红色。所以红莲映水莲花下面的水绿色，所以称碧沼。水里面的莲花的影子，看起来就像飘在水上一样，而且红色与霞光相像，所以称浮霞。

【语译】

卫夫人的书法犹如美丽的芙蓉怒放、仙娥翩跹起舞、娇艳的红莲映水，充溢着美感，独带女性特有的妩媚娇柔的风格。

【从诗词看甄嬛】

从小到大，就格外羡慕那些写得一手漂亮字体的朋友，洋洋洒洒，如蝶翩翩。每捧着远方文友一纸龙飞凤舞的来信，品读着信中的点滴、赏析着变化有序的手书字体，自觉那是何等美好，当属人间乐事一件。可惜，自觉书法并不出色，难为小时阿爹总要劳神督促，道是："字如其人，当认认真真写字，明明白白做人！"

"字如其人"，最早源于西汉文学家扬雄的一句名言："书，心画也。"意思是说书法是人的心理描绘，是以线条来表达和抒发作者情感心绪变化的。"字如其人"，意谓人与字，字与人，二而一，一而二，如鱼水相融，见字如见人。

清代周星莲的《临池管见》对"字如其人"表述得非常具体。他说："余谓笔、墨之间，本足觇人气象，书法亦然。"

《甄嬛传》中，能写得一手好字的女人不多，除了宜修皇后之外，便当属甄嬛了。皇帝赞甄嬛的字如"如插花舞女，低昂芙蓉；又如美女登台，仙娥弄影；又若红莲映水，碧沼浮霞"。这一句"如插花舞女，低昂芙蓉"便是当年书法家韦续赞扬卫夫人所用。

卫夫人，名铄，字茂漪，自署和南，是东晋的一位女书法家。相传她是大书法家王羲之的老师。《书法要录》说她的笔法融钟繇、熔钟、卫之法于一体。她在其所著的《笔阵图》中说道："横"如千里之阵云、"点"似高山之坠石、"撇"如陆断犀象之角、"竖"如万岁枯藤、"捺"如崩浪奔雷、"努"如百钧弩发、"钩"如劲弩筋节。有《名姬帖》、《卫氏和南帖》传世。其字形已由钟繇的扁方变为长方形，几条清秀平和，娴雅婉丽，去隶已远，说明当时楷书已经成熟而普遍。

卫夫人年少好学，酷爱书法艺术，很早就以大书法家钟繇为

师，得其规矩，特善隶书。据她自述："随世所学，规摹钟繇，遂历多载。"她曾作诗论及草隶书体，又奉敕为朝廷写《急就章》。晋人钟繇曾称颂卫夫人的书法，说："碎玉壶之冰，烂瑶台之月，婉然若树，穆若清风。"充分肯定了卫夫人书法高逸清婉，流畅瘦洁的特色。这实际上是对钟繇书法风格的继承，但在钟繇瘦洁飞扬的基础之上，更流露出一种清婉灵动的韵味。唐代韦续则曰："卫夫人书，如插花舞女，低昂芙蓉；又如美女登台，仙娥弄影；又若红莲映水，碧沼浮霞。"连用三组美丽的形象来比拟其书法，可知卫夫人的书法充溢着美感，带有女性特有的妩媚娇柔的风格，又与钟繇迥异其趣。这是卫夫人结合自身气质特点，在学习钟繇基础之上的发展和创造。韦续因此将卫夫人归入著名书法家，列为上品之下，即第一等第三级。唐代李嗣真对此持相同意见，并指出卫夫人"正体尤绝"。唐代著名书法理论家张怀瓘甚至把卫夫人的书法归入妙品，仅仅屈居最高一等神品寥寥数人之下。

自古以来，能写得一手好字的女人为数不多，能如卫夫人如此造诣的更是无人。所以一个女人能写得一手好字，留给他人的印象自是分外美好的，譬如甄嬛。

苏轼在《唐氏六人书后》中曾以拟人的描述来评论书法"真如立，行如行，草如走"。楷书像人"站立"，行书像人"走"，草书则像人"跑"。他在《论书》中更进一步用人体构成五要素来比喻书法的构成和书法的五要素，他说："书必有神、气、骨、肉、血，五者阙一，不为成书也。"这不能不说是对"字如其人"理论的一种创见。

清人王澍又给苏轼补充了三项内容，他说："作字如人然。"怎么如人呢？"筋、骨、血、肉、精、神、气、脉，八者备而后可为人"。可以把这八个字作这样理解，字的筋、骨、血、肉，体现作

者的基本功力；字的精、神、气、脉则反映作者的修养素质。

清人刘熙载在《艺概》中则说："贤哲之书温醇，骏雄之书沉毅，畸士之书历落，才子之书秀颖。"贤哲之士的字，温和醇厚；英雄豪杰的字，沉着刚毅；脱俗奇人的字，磊落洒脱；文人学士的字，清俊秀丽。种种这些都是"字如其人"的淋漓表述。

说到书法，当然值得一提的，还有宜修皇后。宜修善书，且能左右双手同时书写文字。尽管皇帝对她的评价是："字是好的，只是太过端正反而失了韵致。"

唐代大文学家韩愈在《送高闲上人序》中介绍张旭怎样借草书来抒发他的思想情绪，说其："喜怒窘穷，忧悲愉佚，怨恨，思慕，酣醉，无聊，不平，有动于心，必于草书焉发之。"张旭有什么高兴的事、生气的事，或窘迫穷困、忧伤悲痛，或愉悦闲逸、怨恨、思慕，或酣醉无聊、心中不平，只要有动于心，必借草书加以抒发。张旭所写的草书，总是凝聚着多变的心绪、复杂的心态，有着浓重的感情色彩。

元人陈绎曾在《翰林要诀》中对执笔写字的人的情绪和通过手中之笔书写出来的文字笔法的关系分析得极是精辟："情有重轻，即字之敛舒险丽亦有浅深，变化无穷。喜即气和而字舒，怒则气粗而字险，哀即气郁而字敛，乐则气平而字丽。"人欢喜时，心气和谐，写出来的字就舒放；人发怒时，心气粗闷，写来的字就险绝；人悲哀时，心气忧郁，写出来的字就内敛；人高兴时，心气平和，写出来的字就秀丽。总之，人的喜怒哀乐的思想情趣、向往追求都会从字的神采、风格上反映出来。

都道好的书法自有其深刻的含义，旁观者能从那一撇一捺、一竖一横中品味出书写之人的思想和情趣，而且一目了然、清晰明辨。唐朝张怀在《书艺》中说得清楚："夫翰墨及文章至妙者，皆

有深意以见其志，览之即了然。"只要认真观察，从好的书法作品和文章中，都可以很明白地看出作者的思想、志趣。

宜修从来不得皇帝的宠幸，长日寂寂以练字打发时光，经年累月不知不觉间竟也练就自己的一韵风格。只是胸怀之中那未得深爱、郁郁难解的心绪繁重，自然而然地也就流露在她所写的一笔一划之间了。

这一点，皇帝倒是看得透彻，只不过不爱便是不爱，世间情愫之事向来是强求不得的。既然没有感觉，也就唯有不闻不问了。

旧爱柏梁台，新宠昭阳殿

长门怨

——（唐）徐蕙

旧爱柏梁台^一，新宠昭阳殿^二。

守分辞方辇^三，含情泣团扇^四。

一朝歌舞荣，夙昔^五诗书贱。

颓恩诚已矣，覆水难重荐。

【注释】

一、柏梁台：汉代台名，故址在今陕西省长安县西北长安故城内；又泛指宫殿，地址在陕西西安未央区，汉长安城建章宫北，柏梁村附近。

二、昭阳殿：汉代宫殿名，赵飞燕姊妹曾居住此殿。昭阳殿的东西两侧分别有东阁、西阁，通过长廊与昭阳殿连接。东阁内有含光殿，西阁内有凉风殿。廊阁之间，流水潺潺，香草萋萋，是另一天地。昭阳殿后面则是皇后嫔妃们居住的后宫。后宫是通过永巷（长巷）与昭阳殿连通的，分为左右两院。诗中大抵代指古代妃子居住的后宫。

戏里戏外 看甄嬛 品古诗词的意境

三、方辇：同辇。按《汉书·外戚传下·班婕妤》："成帝游于后庭，尝欲与婕妤同辇载，婕妤辞。"

四、团扇：圆扇，也叫"宫扇"、"纨扇"。是一种圆形有柄的扇子。宋以前称扇子，都指团扇而言。王昌龄《长信愁》诗："奉帚平明金殿开，且将团扇共徘徊。"《杖扇新录》载：近世通用素绢，两面绷之，或泥金、瓷青、湖色，有月圆、腰圆、六角诸式，皆倩名人书画，柄用梅烙、湘妃、棕竹，亦有洋漆、象牙之类。名为"团扇"。圆形或近似圆形扇面，扇柄不长。团扇系中国的发明，又名纨扇，而后传入日本。折扇系日本发明，而后传入中国。

五、夙昔：泛指昔时，往日。汉桓宽《盐铁论·箴石》："故言可述，行可则。此有司夙昔所愿睹也。"唐权德舆《酬李二十二兄主簿马迹山见寄》诗："远郊有灵峰，夙昔栖真仙。"明方孝孺《与郑叔度书》之八："离居日久，病身不能动，求如夙昔相聚讲习之乐，宁可得耶！"明赵震元《为袁石寓（袁可立子）复开封太府》："揽英雄之心，候赢吐气；合天地之德，传说扬眉。夙昔志同，今兹神往。"清纪昀《阅微草堂笔记·滦阳消夏录四》："然数百年来，相遇如君者，不知凡几，大都萍水偶逢，烟云倏散，夙昔笑言，亦多不记忆。"

【语译】

冷冷清清的长门宫中，佳人翘首遥望，盼不到君王的眷顾，唯有埋头于诗书学问之中，慰藉寂寞。而他呢？此刻正在与新宠一起夜夜歌舞、把酒言欢呢！他何曾记得那个当日里安守本分、知书达理的女子？他只是任由着她的泪水一次又一次地打湿了手中的扇子。原来，他就是这样的喜新厌旧，只见新人笑，哪闻旧人哭？好吧，既然他已无情，我也就心死了，从此以后再不将你惦记，就如

泼出去的水，再难收回。

【从诗词看甄嬛】

甄嬛失子，又被安陵容用计夺了宠爱，长夜寂寥，落落寡欢之间提笔书写了《长门怨》。

一首《长门怨》不由让人思绪飘飞到了唐朝。恍惚之间，只见一个手执桂枝的端丽女子正款款地随着甄嬛的手书，翩然来到面前。

她叫徐惠，太宗妃。《长门赋》便是她所写的作品之一。皇帝辞世后，她哀思成疾，不逾年，殁，陪葬昭陵石室。

她出生在贞观元年，生性聪慧，四岁能读《诗》、《论语》，八岁时，她已经能出口成诗了，而且辞致清丽，颇有水准。当时父亲徐孝德想考考她，就让她仿照屈原的《离骚》作一首离骚体诗。不就是屈原的离骚体吗，小徐惠也不皱眉头，找来纸笔信手一挥，片刻即成《拟小山篇》一首："仰幽岩而流盼，抚桂枝以凝想；想千龄兮此遇，荃何为兮独往。"

这首诗在被收录进《全唐诗》的时候，特别标注了其父徐孝德大感震惊的反应。在这首诗中，小小的徐惠流露出对屈原的崇敬与仰慕：一千年间方才出现了屈原这位真正的人，您的纯洁似香草，又因何独自殉国呢？八岁的孩童之作能蕴含如此感慨，如此豪情，大概是谁也难以想象的。虽然，历史上真实的屈原不光性格和品行上有洁癖，就是生活习惯方面都有很严重的洁癖。然而，小小徐惠的一首小诗在有意无意间触到了这位千古诗人内心的隐秘。

十几岁时，徐惠的才气已经名扬遐迩，当然，传进李世民的耳朵里并非难事。于是一道圣旨召为才人，李世民便将这位早慧的小才女揽入怀中。

徐惠这首诗，说的是汉代的故事。汉代皇后陈阿娇盛宠之时，汉武帝曾许诺："若得阿娇作妇，当作金屋贮之也。"然而，旧爱难敌新欢，汉武帝有了卫子夫等美女后，就把阿娇晾在金屋里不管不问了。看似华贵的金屋，也不过是座黄金打造的牢笼罢了。

曾几何时，皇帝与甄嬛还在西窗之下披衣剪烛、谈诗论史、恩爱备至。可一转眼间呢？长门菱歌起，一曲菱歌袭来的不止秋意，还有随带掳走了皇帝的一颗心房。

"守分辞方辇，含情泣团扇。一朝歌舞荣，夙昔诗书贱"，这几句说的又是汉成帝时班婕妤的故事。

汉成帝在后宫游玩，有次想和班婕妤搂搂抱抱地同乘一辆车，这在一般嫔妃眼中是求之不得的恩赐，但班婕妤却一脸正气地拒绝了，她的理由是："看古代留下的图画，圣贤之君，都有名臣在侧。夏、商、周三代的末主夏桀、商纣、周幽王，才有嬖倖的妃子在坐，最后落到丧国亡身的境地，我如果和你同车出进，那就跟她们很相似了，能不令人凛然而惊吗？"班婕妤的一番话语说得道义凛然，令人肃然起敬。可是当日里的汉成帝皇帝在听了之后，却是非常扫兴。这位子，班婕妤不想坐，但是摩拳擦掌想坐这个位子的女人可是多不胜数的，不久之后，妖艳放浪的赵飞燕和她的妹妹赵合德这对姐妹花就取代了班婕妤的地位，班婕妤失宠之后，只好凄凄凉凉地到长信宫去侍奉太后。

应该说，这首诗也反映出了徐惠幽居宫中的感慨和心声。徐惠虽然也得到过太宗的喜爱，但是后宫美女如云，唐太宗也不会专宠徐惠一人。在众多后宫佳丽围绕中的唐太宗，能有多少时间和精力来陪伴徐惠呢？所以心思细腻敏感的徐惠，不免也有和班婕妤她们一样的哀怨。

所谓"寂寞宫花红"，关于皇帝要宠爱谁，要忘记谁，甄嬛是

没有办法左右的。只是就算她能体谅皇帝所谓的寂寞和苦衷，可是对于一个刚刚失去视如生命的孩子的母亲来说，甄嬛更想得到的是作为夫君的皇帝那适时的安慰和怜惜。不过这一切，统统是甄嬛心中的奢望而已，诚如徐惠所渴望的像天下平凡夫妻一样朝朝相守，夜夜相伴的幸福，是她今生今世永远无法实现的。

　　一滴墨迹在宣纸之上缓缓化开，心随之变得潮湿起来……

此曲有意无人传，愿随春风寄燕然

长相思（二首）

——（唐）李白

其一

长相思[一]，在长安。

络纬[二]秋啼金井阑[三]，微霜凄凄簟[四]色寒。

孤灯不明思欲绝，卷帷望月空长叹。

美人[五]如花隔云端。

上有青冥[六]之长天，下有渌[七]水之波澜。

天长地远魂飞苦，梦魂不到关山难[八]。

长相思，摧[九]心肝。

其二

日色欲尽花含烟，月明如素愁不眠。

赵瑟[十]初停凤凰柱，蜀琴[十一]欲奏鸳鸯弦。

此曲有意无人传，愿随春风寄燕然[十二]。

忆君迢迢隔青天。

昔时横波[十三]目，今作流泪泉。

不信妾肠断，归来看取明镜前。

【注释】

一、长相思：属乐府《杂曲歌辞》，常以"长相思"三字开头和结尾。

二、络纬：又名莎鸡，俗称纺织娘。

三、金井阑：精美的井栏。

四、簟：供坐卧用的竹席。

五、美人：指所思之人。

六、青冥：形容天色苍苍，显得很高很远的样子。

七、渌：清澈。

八、关山难：谓道路险阻。两句言路途遥远，关山阻隔，魂梦也难于相见。

九、摧：挤、压，形容悲痛。

十、赵瑟：一种弦乐器，相传古代赵国人善奏瑟。

十一、蜀琴：一种弦乐器，古人诗中以蜀琴喻佳琴。

十二、燕然：山名，即杭爱山，在今蒙古人民共和国境内。此处泛指塞北。

十三、横波：指眼波流盼生辉的样子。

【语译】

其一

日日夜夜地思念啊，我思念的人在长安。

秋夜里纺织娘在井栏啼鸣，微霜浸透了竹席分外清寒。

孤灯昏暗暗思情无限浓烈，卷起窗帘望明月仰天长叹。

亲爱的人相隔在九天云端。

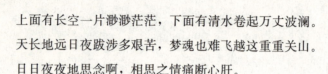

上面有长空一片渺渺茫茫，下面有清水卷起万丈波澜。

天长地远日夜跋涉多艰苦，梦魂也难飞越这重重关山。

日日夜夜地思念啊，相思之情痛断心肝。

其二

日色将尽花儿如含着烟雾，月光如水心中愁闷难安眠。

刚停止弹拨凤凰柱的赵瑟，又拿起蜀琴拨动那鸳鸯弦。

只可惜曲虽有意无人相传，但愿它随着春风飞向燕然。

思念你隔着远天不能相见。

过去那双顾盼生辉的眼睛，今天已成泪水奔淌的清泉。

假如不相信我曾多么痛苦，请回来明镜里看憔悴容颜。

【从诗词看甄嬛】

琴乃"长相思"，笛是"长相守"。琴瑟和鸣、人间乐事，相思相守相濡以沫，再不管红尘纷扰。

孤零的夜、清幽的月、失落的人、绝望的心。失子的甄嬛就这样轻轻抚弄着"长相思"的琴弦。续续清弹，指走无心，弦间流露的，是她那隐藏已深的心事。

一阕《长相思》道出她心中那尽是苦涩却又略带一丝甜蜜的记忆。"忆君迢迢隔青天，昔日横波目，今为流泪泉"。那一日上林杏花，花雨漫天，与君相遇，这刻骨铭心的记忆还这样的崭新，仿如昨天。只是为何只一转瞬间，一切便都变了模样？

她如此的悲伤，是极为让人同情的，这世间的爱情，往往就是这样的折磨人，某个年月与你擦身而过的男子，让你一见倾心，与你共浴爱河。曾以为他会一生一世将你当做至宝捧在手上，爱在心里。却难料岁月变迁如梭，不觉经年，男子已改变了他当日里的心

意，离你而去，徒留你日日相思，伴着昨日的记忆，不肯醒来。

　　紧接着，远处隐隐约约传来果郡王的一阵笛声，细细听之，"天长地远魂飞苦，梦魂不到关山难"。笛声吹奏的却是下半阙的《长相思》，与之相和。

　　甄嬛和果郡王相和而奏的这阙《长相思》是唐代大诗人李白的组诗作品。甄嬛弹奏的前一阙诗直接描述了一个思念丈夫的妇人深夜里弹琴寄意、借曲传情、流泪断肠、望眼欲穿的情景，表现思妇对远征亲人的深切怀念之情。而果郡王吹奏的后一阙诗则通过描写景色，渲染气氛，借以表达男女相思之情，字字句句中似有寄意深深。离人相思苦，在李白的笔下更显情真意切，令人读之无不荡气回肠。

　　李白诗中，美人居住在华贵的"金井阑"中，却拥有着一颗孤栖幽独的心房。阶下纺织娘凄切地鸣叫着，虫鸣则岁时将晚，更有微霜凄凄来袭，她彻夜难眠，只对着眼前的罗帐灯昏长叹，眷念不休。一个"孤"字描写的不仅是"灯光"，同时也是美人的心理写照，从而引起一番思念。

　　这样的心境，与此时此刻的甄嬛是这样的相同。良人只是一墙之隔罢了，可是思念了又有什么用呢？她念念难忘，他却早已将她忘怀，树林之中，她看见自己日夜惦念的皇帝此刻正携着新宠的陵容在徜徉，一番细语。这样的光景，她骤感熟稔，曾几何时，她与他，不也如此刻一般么？那时的天地间，仿佛从来只有她和他，他不是皇上、她不是妃嫔，不是君和臣、夫和妾。她原以为这样的光景，只属于自己，可是此刻的亲眼目睹，才知道原来皇帝的身边，除了自己还可以有陵容甚至更多的女人扮演和代替自己的角色。她顿觉心痛欲碎。

　　然而，亘古以来，世间的情事就是这么样的微妙，这厢甄嬛在为皇帝的寡情而伤怀，那厢笛子吹出的下阙《长相思》却也暴露了

果郡王心中对甄嬛的牵挂。

"孤灯不明思欲绝，卷帷望月空长叹"。李白的诗中，一句"思欲绝"已将他的眷恋之苦表现得淋漓。再进而镜头拉远，便见天边那一轮明月，他的心中忽然被某些情愫所牵动，于是发出了无可奈何的一声长叹。随之而来逼出诗中关键的一语："美人如花隔云端。"《长相思》的题意到此已经清楚明白。这个为诗中人想念的如花美人似乎很近，近在眼前；却到底很远，远隔云端。与月儿一样，可望而不可即。由此可知他何以要"空长叹"了。就如果郡王对甄嬛的眷恋一般，他是皇帝的亲弟弟、她是皇帝的妃嫔，他是她的叔叔、她是他的嫂子，看似很近，却隔着永远不可逾越的鸿沟，这个鸿沟，犹如雷池，退一步，是难熬的思念，进一步，是永世不得超生的地狱。

"上有青冥之长天，下有渌水之波澜。天长地远魂飞苦，梦魂不到关山难。"这两句诗，紧承着上一句"美人如花隔云端"，更宣告了诗中人这一场如"梦游式"的爱情追求是何等的渺茫。

这样的意味，让人联想到屈原在《离骚》中写过的那一幕"求女"。男子在浪漫美好的幻想之中梦魂飞扬，义无返顾地去追寻心中所思念的人儿。然而茫茫尘寰，上有幽远难及的高天，下有波澜动荡的渌水，还有连绵不断的关山重重阻隔前方，尽管男子追之不息，从未放慢过自己的脚步，却依旧仍是"两处茫茫皆不见"。

果郡王此刻的遭遇，又何尝不是如此呢？读至这里，忍不住要对这样一个男子心生向往，他对爱情的执着与追求，那种毫不求回报的坚持，乃至一生的付出，都让人为之感动。

"长相思，催心肝"。情到深处人孤独，唯愿这一夜美好而朦胧的琴韵，越过沧海，漫过桑田，永远回响在万丈红尘之中，借以纪念这一对有缘无分的良人。

帘卷西风，人比黄花瘦

醉花阴·人比黄花瘦

——（宋）李清照

薄雾浓云愁永昼，瑞脑¯消²金兽³。

佳节又重阳，玉枕⁴纱厨⁵，半夜凉初透。

东篱⁶把酒黄昏后，有暗香⁷盈袖。

莫道不消魂，帘卷西风，人比黄花瘦。

【注释】

一、瑞脑：龙脑，名贵香料。

二、消：燃烧。

三、金兽：兽形铜香炉。

四、玉枕：石或瓷质凉枕，夏天用。

五、纱厨：纱帐。

六、东篱：菊圃。

七、暗香：幽香。

【语译】

稀薄的雾气，浓密的云层，掠起烦愁直到白昼，金兽炉里龙脑的香料早已烧完了。美好的节日又到重阳，洁白的瓷枕，轻纱笼罩的床厨，昨日半夜的凉气刚刚浸透。

在菊圃饮酒直饮到黄昏以后，淡淡的黄菊清香飘满双袖。别说不会消损神魂，珠帘卷起是由于被西风吹动，闺中少妇比黄花更加消瘦。

【从诗词看甄嬛】

"父母之命，媒妁之言"是旧时封建婚姻的合法形式。那时的婚姻重在宗族的嗣续，于是一夫多妻便成为古代的通例。平民可以买妾，贵族可以娶妻置妾养妓，而帝王更是妻妾成群、三宫六院，森森宫墙之中的女子没有所谓的自由，更不可以具备自己较为独立的人格，这些可怜的红颜女子，只是作为男性的附属品和一个生殖工具存在罢了。

千百年来，宫廷妃嫔们的生活被一堵高高的宫墙所隔离着，森严而神秘。历朝历代的后宫女人们究竟是怎样生活的？

每提及这个问题，便会有无数的后人们沉迷于白居易的《长恨歌》开篇所勾勒的场景意象之中，从"春从春游夜专夜"的美梦到"姊妹弟兄皆列土"再到"可怜光彩生门户"。然而这一切都是真实的吗？"后宫佳丽三千人，三千宠爱在一身"的童话，又能真真正正地实现在哪些后宫女子的身上呢？

其实撩开历史的面纱，点点滴滴的文字记载之中，久居如同一个大鸟笼般的深宫，后宫女子的活动范围很有限，寂寞而孤独，心情抑郁，又缺少锻炼，因而后宫女子大多体弱且多病。

　　这样的场景，倒觉那天夜里，果郡王在后花园中以一柄紫笛与甄嬛合奏了一曲《长相思》之后，他发现甄嬛瘦了，于是在果郡王殷勤地关切问候之后，甄嬛自嘲"这时节帘卷西风，自然是要人比黄花瘦的"用作形容整个深宫之中的女子，是再合适不过的了。

　　"帘卷西风，人比黄花瘦"出自于宋朝女词人李清照的一阕《醉花阴》。是她早期和丈夫赵明诚分别之后所写，通过悲秋伤别来抒写李清照的寂寞与相思情怀。

　　据说，早年的李清照原本是拥有着美满的爱情生活与家庭生活的。但由于她同样是闺阁中的女子，由于种种社会规则、道德教条的束缚，她们的活动范围有限，生活阅历也受到重重约束，即使李清照是当时生活在社会上层的知识女子，也毫无例外。因此，相对说来，她对爱情的要求就比一般人的要求更高些，体验也更细腻一些。所以，当她与丈夫分别之后，面对单调的生活，便禁不住要借惜春悲秋来抒写自己的离愁别恨了。这首词就是这种心情的反映。从字面上看，李清照并未直接抒写独居的痛苦与相思之情，但这种感情在词里却无处不在。

　　元伊士珍《琅嬛记》有如下一段故事："易安以重阳《醉花阴》词函致赵明诚。明诚叹赏，自愧弗逮，务欲胜之。一切谢客，忌食忘寝者三日夜，得五十阕，杂易安作以示友人陆德夫。德夫玩之再三，曰：'只三句绝佳。'明诚诘之。答曰：'莫道不消魂，帘卷西风，人比黄花瘦。'正易安作也。"这足以说明李清照的生活体验不是一般文人所能体验得了的，词中所出现的那种多愁善感、弱不禁风的闺阁美人形象，也正是围绕着旧时的环境和她自己的感同身受而创造出来的。这一形象正是旧时社会特定历史时期与特定阶层的产物。

　　"莫道不消魂，帘卷西风，人比黄花瘦"，这三句写出了诗中女

子那憔悴的面容和愁苦的神情。"消魂"即喻相思愁绝之情。"帘卷西风"即"西风卷帘",暗含凄冷之意。先以"消魂"点神伤,再以"西风"点凄景,最后落笔结出一个"瘦"字。在这里,李清照巧妙地将思妇与菊花相比,在你我面前展现出两个迭印的镜头:一边是萧瑟的秋风摇撼着羸弱的瘦菊,一边是思妇布满愁云的憔悴面容,情景交融,凄苦绝伦的境界随之应运而生。

这岂不正是整个后宫三千妃嫔的形象写照么?

她们的青春,就在无尽的等待、盼望、失落与折磨中匆匆消逝。常年的心情不佳,到头来落得的,自然是面容憔悴、消瘦忧郁了。

"薄雾浓云愁永昼",这一天从早到晚,天空都是布满着"薄雾浓云",这种阴沉沉的天气最使人感到愁闷难捱。外面天气不佳,只好待在屋里。"瑞脑消金兽"一句,便是转写室内情景:她独自个儿看着香炉里瑞脑香的袅袅青烟出神,真是百无聊赖!又是重阳佳节了,天气骤凉,睡到半夜,凉意透入帐中枕上,对比夫妇团聚时闺房的温馨,真是不可同日而语。寥寥数句,把一个闺中少妇心事重重的愁态描摹出来。她走出室外,天气不好;待在室内又闷得慌;白天不好过,黑夜更难挨;坐不住,睡不宁,真是难以将息。"佳节又重阳"一句有深意。古人对重阳节十分重视。这天亲友团聚,相携登高,佩茱萸,饮菊酒。李清照写出"瑞脑消金兽"的孤独感后,马上接以一句"佳节又重阳",显然有弦外之音,暗示当此佳节良辰,丈夫不在身边。"遍插茱萸少一人",怎叫她不"每逢佳节倍思亲"呢!"佳节又重阳"一个"又"字,是有很浓的感情色彩的,突出地表达了她的伤感情绪。紧接着两句:"玉枕纱厨,半夜凉初透。"丈夫不在家,玉枕孤眠,纱帐内独寝,又会有什么感触!"半夜凉初透",不只是时令转凉,而是别有一番凄凉滋味。

　　就如甄嬛，那时那刻她的内心该是如何的凄凉啊？她的胎儿，被人用计打掉了，作为"丈夫"的皇帝并没有因此而安慰她、疼惜她，反而在此时冷落了她而去盛宠安陵容。甄嬛得不到皇帝的宠爱，自然在宫中也便受到了其他人的排挤，那种悲愤交加的心情，又怎是一个"愁"字所能够表达的？

　　当然，此时此刻的甄嬛与历史上的其他后妃相比，她还算是幸运，对于皇宫中的后妃来说，倘若丈夫仅仅是移情别恋，那也还罢了，顶多是婚姻不得意，也算得上是不幸中的万幸了，因为在后妃之中还有比不幸的婚姻更不幸的事，那就是废黜和死亡的威胁。

　　古时女子必须以"三从四德"作为自己的行为准则。"三从"即"幼从父，嫁从夫，老从子"，也就是说一个女子，在出嫁前要顺从父母、兄长；出嫁后要顺从丈夫；老了以后，丈夫死了，就要顺从儿子。"四德"即"妇德、妇言、妇容、妇功"，这四个方面是专门为丈夫和夫家所设的对妇女的规范。丈夫便是妻子的"天"，女子即使贵为后、尊为妃也只能是"地"，"三纲五常"是不得不尊的铁一般的"圣训"。"君为臣纲，父为子纲，夫为妻纲"，皇帝对后宫诸女子来说，既是君，又是夫，享有无上的权威了。君要臣死，臣不敢不死，夫要妇亡，妇不敢不亡。

　　在这样残酷、苛刻且不公平的深宫别苑之中出来的女子，又有几个是健康而快乐的呢？倘若真能穿越时空，定要带个摄像机而去，为她们拍一张"集体照"。这张照片的效果，不用多加文字描述也能知道其效果，那自然便是——"帘卷西风，人比黄花瘦"！

却嫌脂粉污颜色，淡扫蛾眉朝至尊

集灵台¯（其一）

——（唐）张祜

> 虢国夫人²承主恩，平明³骑马入宫门。
>
> 却嫌脂粉污颜色，淡扫蛾眉朝至尊⁴。

【注释】

一、集灵台：即长生殿，在华清宫，是祭祀求仙之所。灵：一作"虚"。

二、虢国夫人：杨贵妃三姊的封号。

三、平明：天刚亮时。

四、至尊：最尊贵的位置，特指皇位。

【语译】

虢国夫人受到皇上的宠恩，天刚亮就骑马进入了宫门。讨厌脂粉会玷污她的美艳，淡描蛾眉就进去朝见至尊。

【从诗词看甄嬛】

这日一早，皇帝来到甄嬛的宫中，见她正取了香粉、胭脂和螺

子黛，细细描摹，当着他的面，并不多做繁复的修饰，只是淡扫蛾眉，略施脂粉便别有一番风韵，禁不住含笑赞道："朕见旁的的女子修面施妆，总是妆前一张脸，妆后一张脸，判若两人。你呢，倒是'却嫌脂粉污颜色，淡扫蛾眉朝至尊'了。"

"却嫌脂粉污颜色，淡扫蛾眉朝至尊"。出自于七言绝句《集灵台》。关于它的作者，有很多种误传，一说它的作者是李白，一说是杜甫，其实它是唐代诗人张祜的组诗作品。

张祜，字承吉，清河东武城人。初寓姑苏，后至长安，辟诸侯府，为元稹排挤，遂至淮南、江南。爱丹阳曲阿地，隐居以终。他的一生因诗扬名，以酒会友，酬酢往业，平生结识了不少名流显官。然而由于性情孤傲，狂妄清高，使他多次受辟于节度使，沦为下僚。其诗风沉静浑厚，有隐逸之气，但略显不够清新生动。有《张处士诗集》，《全唐诗》收其诗二卷。

"虢国夫人承主恩"是《集灵台》组诗的第二首。抨击的是杨贵妃的三姐虢国夫人与唐玄宗之间的暧昧关系。诗的开头两句先写虢国夫人的骄纵之态。她自从被唐玄宗册封为虢国夫人后，自恃有皇帝宠爱，生活上愈加荒淫无度。并且故意不施铅粉，炫耀她的肤色白润细嫩，无人可相匹敌。诗人对她的讽意虽然是曲折传出，然而读者还是能体会到的。但是诗人最终还是将讽刺的矛头指向唐玄宗。

有对此诗的评论说："乍读此诗，语似称扬。及细玩其旨，却讽刺微婉。曰虢国，滥封号也。曰承恩，宠女谒也。曰平明上马，不避人目也。曰淡扫蛾眉，妖姿取媚也。曰入门朝尊，出入无度也。当时浊乱宫闱如此。"其意思是说：虢国夫人是唐玄宗为其宠爱的女子胡乱所作的封号，她并非是后宫的嫔妃，竟能"承主恩"，可见是乱了朝中的法度。她在大白天就敢公然进宫见唐玄宗，实在

是无耻之极。又不施脂粉淡扫蛾眉，更是她炫耀轻佻之态。

在评说中能指明虢国夫人放荡行为的背景就在于唐玄宗的滥施封号，而在唐玄宗滥施封号的背后便是满足自己荒淫生活的需要，这就抓住了问题的本质，是很高明的见解。这首诗在写法上以表示赞扬恭维的辞语描写主人公的美艳，而实质上却是充满了斥责之意，这种婉曲的手法是很高明的。张祜是生活在中唐后期的诗人，受到了盛唐杜甫等诗人写讽喻诗的启迪，于是就有了本诗的创作。这首诗并不刻意铺排，浓墨重彩，而是直叙其事，但将叙事寓于隐藏的讽刺意味当中，看似写虢国夫人之貌美、骄奢，实则批判当时皇帝之昏庸、荒唐，批判力度极强。

当然，唐玄宗与虢国夫人的纠葛关系早已离我们遥远得快要被湮没了。重提这一首诗，为的是一句"却嫌脂粉污颜色，淡扫蛾眉朝至尊"中的那一份自信。

红尘之中，有各式各样的女子烟视媚行，艳丽的、聪慧的、妖冶的、多才的、含蓄的，等等。但是在这诸多类型的女子中，自信的女子却往往是最引人注目的！

古代的女子最在意自己的妆容，一日之始，没有哪一位不当窗理云鬓，对镜贴花黄的。女子无妆是不能见人的，那是女子最基本的礼仪之一。就如甄嬛说的："臣妾还没梳洗妥当呢，乱糟糟的不宜面君。"而无可否认的是，女为悦己者容，敢于在大白天里不施脂粉仅仅只是随意地淡扫蛾眉，便直接去面对心爱的男子，洋溢的是种何等自信啊！

所以说，自信的女人且不论她是不是有闭月羞花、天姿国色的容貌，她的气质就一定是鹤立鸡群与众不同的。她或许历经沧海桑田、洞悉世事云烟，她或许有着如冬日暖阳般的笑声和细语，如一夜春风般化解着心中的坚冰。因为那份自信，她们瞬间便变得光彩

耀人，变得淡雅高贵，因而，无论在哪个场合，她们都是最耀眼的焦点，而且永远不会因为容颜的瑕疵而失去自己的魅力。

甄嬛心中的自信当是满满的，她的一生宠辱交加，但是无论在什么样的时刻，她对自己的朋友如眉庄、对自己的姐妹如浣碧、对自己的下人如流朱、槿汐甚至是太监小允子一直都非常的关照，她对身边的人都保持着宽容和礼貌，比起其他的妃嫔，她多了一份平和，多了一份和颜悦色，所以她在无数个危难的时刻，她在最需要帮助的时候都有人义无返顾地挺身而出给予她帮助，甚至搭上自己的生命也心甘情愿、在所不惜。众人眼中的她，易于交谈、易于接近，因而愿意亲近。

后宫之中，与甄嬛截然相反的，当属华妃年世兰了，华妃是个自负的女人，她容貌出众、家财万贯、权倾一时，然而她却总是目空一切，高高凌驾于众人之上，仗着自己的优势，不肯轻易向凡间俗物略微点头，给人一种望而生畏的感觉。她最终随着自己的家族倒台而失宠时，都不知有多少人暗地里幸灾乐祸拍烂了手掌。

自信，其实是甄嬛最终得以打败强敌，傲立于世的最好武器。

长得君王带笑看

清平调[一]词

——（唐）李白

其一

云想[二]衣裳花想容，春风拂槛[三]露华浓[四]。

若非群玉山头见，会向瑶台月下逢[五]。

其二

一枝红艳[六]露凝香，云雨巫山[七]枉断肠。

借问汉宫谁得似，可怜飞燕[八]倚新妆[九]。

其三

名花[十]倾国[十一]两相欢，长得君王带笑看。

解释[十二]春风[十三]无限恨，沉香[十四]亭北倚阑干。

【注释】

一、清平调：一种歌的曲调，"平调、清调、瑟调"皆周房中之遗声。

二、"云想"句：见云之灿烂想其衣之华艳，见花之艳丽想美

人之容貌照人。实际上是以云喻衣，以花喻人。

三、槛：栏杆。

四、露华浓：牡丹花沾着晶莹的露珠更显得颜色艳丽。

五、"若非……会向……"：是关联句，"不是……就是……"的意思；群玉：山名，传说中西王母所住之地。全句形容贵妃貌美惊人，怀疑她不是群玉山头所见的飘飘仙子，就是瑶台殿前月光照耀下的神女。

六、红艳：红艳艳的牡丹花滴着露珠，好像凝结着袭人的香气。红，一作"秾"。

七、云雨巫山：传说中三峡巫山顶上神女与楚王欢会接受楚王宠爱的神话故事。

八、飞燕：赵飞燕。

九、倚新妆：形容女子艳服华妆的姣好姿态。

十、名花：牡丹花。

十一、倾国：喻美色惊人，此指杨贵妃。典出汉李延年《佳人歌》："一顾倾人城，再顾倾人国。"

十二、解释：了解，体会，一作"解识"。

十三、春风：指唐玄宗。

十四、沉香：亭名，沉香木所筑。

【语译】

其一

见云之灿烂想其衣之华艳，见花之艳丽想美人之容貌照人，春风吹拂着栏杆露珠闪艳浓。

不是在群玉山头见到了她，就是在瑶池的月光下来相逢。

其二

像枝红牡丹沐浴雨露散芳香，有杨妃不再思慕神女空自伤。

请问汉宫佳丽谁能和她媲美，就算赵飞燕也要靠精心化妆。

其三

名花伴着绝色美人令人心欢，赢得君王满面带笑不停地看。

春风中明白了君王无限怅恨，在沉香亭北共同倚靠着栏杆。

【从诗词看甄嬛】

"新人一来，我的年纪自然不能算是年轻的了。纵使镜中依旧青春红颜，只是那一波春水似的眼神早已沾染了世俗尘灰，再不复少女时的清澈明净了。而宫中，是多么忌讳老，忌讳失宠。用尽种种手段，不过是想容颜更吹弹可破些，更娇嫩白皙些，好使'长得君王带笑看'，眷恋的目光再停驻的久一些。"

——摘自小说《后宫·甄嬛传》

据晚唐五代人的记载，《清平调词》是李白在长安供奉翰林时所作。天宝初年，唐玄宗刚刚宠幸杨玉环时，李白则结识了贺知章。贺知章将李白引见给唐玄宗，皇帝见了李白的诗也赞叹不已，就在金銮殿上召见李白，当诗人远远步上台阶时，唐玄宗竟然走上前去迎接李白，谈起当时的政事，李白能当场根据唐玄宗的意思，写下一篇《和番书》，而且一面口若悬河地与玄宗谈话，一面手不停笔地写下来，唐玄宗大为高兴，亲手调制了一碗羹送给李白吃，从此任命他为翰林。

而后的某一个春天，唐玄宗带着他的宠妃杨玉环，乘月色观赏移植到沉香亭的四株名贵牡丹。兴庆湖畔，他们漫步长堤，身后是空箪和一行最出色的梨园弟子。他们在花香月色之中，摆下歌舞。

李龟年正张罗着管弦班子准备唱的时候，唐玄宗说："赏名花，对妃子，此情此景怎能再唱旧词？"于是便让李龟年拿着金花笺赐给李白，让李白赶紧写词。

哪想到这时李白正和几个朋友躺在酒楼里呢。李龟年赶快用冷水激醒他，叫人把李白架进兴庆宫，半醉半醒的李白，当即挥笔在金花笺上作了这三首诗。

三首诗中以第一首最为出色："云想衣裳花想容，春风拂槛露华浓。若非群玉山头见，会向瑶台月下逢。"在这其中，最为引人入胜的莫过于"云想衣裳花想容"一句，句中用两个"想"字作为支点，虚中有实，实中有虚，把唐玄宗此时最为得意的"名花"与"爱妃"非常巧妙地联系起来，天上那多姿的彩云，犹如贵妃翩翩的霓裳，眼前娇艳无比的牡丹，正恰似贵妃的花容月貌，盛开的牡丹和美艳的妃子，正所谓是国色天香、相得益彰。

说到了杨贵妃，就禁不住地要多用笔墨来描绘一下这个绝色无双的千古一妃了。

杨玉环，字太真，她先为寿王李瑁的王妃，后为唐玄宗李隆基的贵妃。她与西施、王昭君、貂蝉并称为中国古代四大美女，四大美女享有"闭月羞花之貌，沉鱼落雁之容"。其中"羞花"，说的就是杨贵妃。杨玉环天生丽质，加上优越的教育环境，使她具备有一定的文化修养，性格婉顺，精通音律，擅歌舞，并善弹琵琶。在白居易的《长恨歌》中描述其为：天生丽质难自弃，一朝选在君王侧。

都知道古代皇帝有三宫六院七十二嫔妃，还有无数佳丽。然而杨玉环却可以在红肥绿瘦、莺歌燕舞的后宫之中长期受到唐玄宗的宠爱，除了她恪守宫廷体制，从不过问朝廷政治、不插手权力之争，以及妩媚温顺性格和过人的音乐才华之外，我想她那极为细致

的日常保养、事事将自己的容颜放在首位，让自己时刻保持娇艳妩媚为悦己者容也是极为重要的原因之一。

据后来的史料记载，杨玉环也与现代的时尚女人一样，拥有自己与众不同的一套美容秘术。

首先，她摒弃浓妆艳抹，讲究淡妆轻扫，彰显人体自然美。唐朝美容物，以传铅、汞为主要原料，长期使用含有铅、汞之类的胭脂水粉，会导致慢性中毒，使脸部生成褐斑，造成皮肤过早衰老。杨玉环为女道士五六年间，一洗铅华，所以远离浓妆艳抹，不受铅、汞危害，即使在她得宠之后也摒弃浓妆，追求蛾眉轻扫的淡妆。这种方法使得她的容颜吹弹可破。

其次，华清池的温泉水是功不可没的。唐朝承袭北朝习俗，设温泉宫，华清池是最为有名的一处。相传温泉有祛除邪气，免除疫病的功效，常浴温泉，泉水中的硫磺等矿物质可以治疗皮肤病，那可是千百年众所公认的。《长恨歌》亦写道："春寒赐浴华清池，温泉水滑洗凝脂。侍儿扶起娇无力，始是新承恩泽时。"杨贵妃沐浴温泉时，常把牡丹丹皮、桑叶、荨麻等浸入水中，它们能镇静神经，促进肌肤再生，使之滑腻光洁。《红楼梦》中贾宝玉写诗说"出浴太真冰作影"。在沐浴时，杨贵妃施行拍打之功，用手轻拍全身，尤其是面部皮肤，使周身穴位受到刺激，促进血液循环，以达到强化肌肤机能的美容效果，让肌肤长久保持娇嫩白皙。

再者，是所谓的宫廷秘方："合牡丹丹皮、杏仁、滑石、轻粉制成'杨太真红玉青'。"据说施之十日后，面色如红玉，此秘方流传久远被众多的历代美人所钟爱，连后来的慈禧太后也天天使用。此方中杏仁有丰富的苦杏仁油，有滋润皮肤的特殊效果。轻粉抑菌，滑润利窍，它们"上能利毛腠之窍，下能利清溺之窍"。三药合用，具有去垢润肤，迫利毛窍的作用，彻底避免传统美容物中

铅、汞的危害。

最后，就是众所周知的——吃荔枝，服人参。杨贵妃喜食荔枝，人人皆知。杜牧有诗说："长安回望绣成堆，山顶千门次第开。一骑红尘妃子笑，无人知是荔枝来。"玄宗为投杨贵妃之好，下令各地驿站，快速转运闽、广荔枝进贡长安，耗去多少人力财力，仅为杨贵妃一人欢娱快乐。荔枝，为南方热带水果之一，内含丰富营养，性甘平无毒，久吃荔枝，益心脾、养肝血，益人颜色。做足了保健美容、拥有娇艳如花的容颜邀君宠爱。

试想在那明媚的春风中，亭槛下，迎风怒放的牡丹与仪态万方的美人，风华正茂、光采照人、相得益彰、互相媲美，这可真是集良辰美景、赏心乐事于一时一处呀。难怪唐玄宗会说："赏名花，对妃子，哪里还能老听陈词旧曲呢！"

"名花倾国两相欢，长得君王带笑看"，牡丹乃国色天香花，玉环是倾城倾国貌，这样的美人与景致，怎能不得君王的垂怜呢？

于是乎"美"成为了历朝历代后宫女子生活中的一项重之又重的内容。她们不仅注重容颜之美，更重视服饰之美等。即使宫中事务再繁忙，她们每天也会花费大量的时间用温水洗脸、敷面，用扬州产的宫粉、苏州制的胭脂和宫廷自配的玫瑰露护肤美颜等。连对牙齿的护理也不疏忽，不仅用中药保护，还用药具医疗……

所有繁复而又重要不可忽略的讲究，无非只是为了让自己的容颜在后宫的众多佳丽之中能老得更慢一些，延长青春，才更得圣眷再久一些罢了。

射人先射马，擒贼先擒王

前出塞（其六）

——（唐）杜甫

挽[一]弓当[二]挽强，用箭当用长[三]。

射人先射马，擒[四]贼先擒王。

杀人亦有限[五]，列国[六]自有疆[七]。

苟能[八]制侵陵[九]，岂[十]在多杀伤！

【注释】

一、挽：拉。

二、当：应当。

三、长：指长箭。

四、擒：捉拿。

五、亦有限：是说也有个限度，有个主从。正承上句意。沈德潜《杜诗偶评》："诸本杀人亦有限，惟文待诏（文徵明）作杀人亦无限，以开合语出之，较有味。"不确。

六、列国：各国。

七、疆：边界。自有疆，是说总归有个疆界，饶你再开边。和

第一首"开边一何多"照应。

八、苟能：如果能。

九、侵陵：侵犯。

十、岂：难道。

【语译】

拉弓要拉最坚硬的，射箭要射最长的。射人先要射马，擒贼先要擒住他们的首领。杀人要有限制，各个国家都有边界。只要能够制止敌人的侵犯就可以了，难道打仗就是为了多杀人吗？

【从诗词看甄嬛】

华妃复宠，唯恐他日再度失宠，便用尽了心机，培植人手，不惜在皇帝的身边安插上自己的近身侍女为内应，颂芝便是华妃煞费心机的一颗"棋子"。然而世间上往往总是会有意想不到的事情发生，甚至有些人机关算计，却更容易出现偏差。就好比曹琴默所看到的："颂芝虽然有几分小聪明，也有几分美色，不过却只是个庸才，不足以成大器。"看来华妃这次可谓是黔驴技穷、孤注一掷了。

果然，不久之后这个自不量力的颂芝便在御花园中一味为了奉承华妃狐假虎威、不分尊卑地顶撞了甄嬛。流朱看不过眼回宫之后为之忿忿不平，却唯独甄嬛与浣碧冷静分析看得透彻，颂芝的猖狂均来自于她背后的华妃，故而要雪这一日之耻就必须用上杜甫《前出塞》的第六首里的谋略——"射人先射马，擒贼先擒王"。

《前出塞九首》是杜甫的一组组诗作品。这九首诗通过一个征夫的诉说反映了他从军西北边疆的艰难历程和复杂感情。第一首，征夫诉说初出门辞别父母的情事；第二首，接前诉说上路之后的情事，亡命亡不了，吞声也没用，不如索性把命豁出去练上一手；第

戏里戏外看甄嬛 品古诗词的意境

三首，征夫诉说一路之上心情的烦乱，时而低沉，时而高亢；第四首，征夫诉说在路上被徒长欺压和驱逼的情事；第五首，征夫诉说初到军中时所见到另一面的黑暗，当初满想舍命立功画像麟阁，这时看来也不容易；第六首，征夫诉说他对战略的看法；第七首，征夫诉说他在大寒天的高山上筑城戍守的情事；第八首，征夫诉说他初次立功的过程和对立功的态度；第九首，征夫总结了他"从军十年馀"的经历。组诗尖锐地讽刺了统治者穷兵黩武的不义战争，真实地反映了战争给兵士和百姓带来的苦难。

"射人先射马，擒贼先擒王"，字义为射击骑马作战的敌人不如选择其座骑为目标。因为敌人的坐骑比较暴露，敌人无法对坐骑完全地遮蔽，故易于命中，一箭中的，敌必马翻人仰。既起到了釜底抽薪的作用，又达到了打击敌人的目的。擒捉敌人，首先第一个要擒拿的，是敌人的首领。王者，首领也，将帅也。战争中将帅被擒，士卒必然混乱，不堪一击。"射人先射马，擒贼先擒王"表明作战前要先排除主要敌人，谋事前要将事物的来龙去脉摸个透彻是十分关键的。

可见为人处世，谋略之重要，是决不可忽视的。

这一点甄嬛作为旁观之人，看得透彻、分析得也十分到位。其实背地里她也为帮助皇帝除去年氏一族出了谋划了策，难怪皇帝直夸她善解人意，是他的"解语花"。

遥知兄弟登高处，遍插茱萸少一人

九月九日¹忆山东兄弟

——（唐）王维

独在异乡²为异客，每逢佳节倍思亲。

遥知兄弟登高³处，遍插茱萸⁴少一人。

【注释】

一、九月九日：即重阳节。古以九为阳数，故曰重阳。忆：想念。山东：王维迁居于蒲县（今山西永济），在函谷关与华山以东，所以称山东。

二、异乡：他乡、外乡。为异客：作他乡的客人。

三、登高：古有重阳节登高的风俗。

四、茱萸（zhū yú）：一种香草，即草决明。古时人们以为重阳节插戴茱萸可以避灾克邪。

【语译】

独自漂泊在外作异乡之客，每逢佳节到来便加倍思亲。

遥想兄弟们今天都在登高，遍插茱萸时少我一个亲人。

【从诗词看甄嬛】

《九月九日忆山东兄弟》是唐代诗人王维的名篇之一。它书写出了游子的思乡怀亲之情。诗一开头便紧切题目，写异乡异土生活的孤独凄然，因而时时怀乡思人，遇到佳节良辰，思念倍加。接着诗一跃而写远在家乡的兄弟，按照重阳节的风俗而登高时，也在怀念自己。诗意反复跳跃，含蓄深沉，既朴素自然，又曲折有致。其中"每逢佳节倍思亲"更是千古名句。

重阳节，为每一年的农历九月初九。《易经》中把"九"定为阳数，九月初九，两九相重，故而叫重阳，也叫重九。重阳节早在战国时期就已经形成，到了唐代，重阳被正式定为民间的节日，此后历朝历代沿袭至今。重阳又称"踏秋"与三月初三"踏春"皆是家族倾室而出，重阳这天所有亲人都要一起登高"避灾"，插茱萸、赏菊花。重阳为历代文人墨客吟咏最多的几个传统节日之一。重阳节与除夕、清明、盂兰盆会都是中国传统四大祭祖的节日。

中国历来的传统都非常重视重阳佳节。每一个在外的游子在这样的一个节日里，都会被牵起浓浓的乡愁。

席慕容的那一首诗歌说得极好："别离后，乡愁是一棵没有年轮的树，永不老去……"

乡愁是游子、漂泊者、流浪汉等对故土家乡一份浓浓的思念。乡愁是千百年来的文人墨客笔下的最为触动人心的主题之一。

乡愁蛰伏在每一个人的心中，在此间，入了紫禁城、困在深宫之中的甄嬛心中的亲情与乡愁尤为热烈。

她深得皇恩时，丝毫没有忘却家中的一双父母和妹妹；当她受到皇帝冷落时，她首先担心的不是自己的安危，而家中的父母是否会因为自己的不幸而受到牵连。甄氏一家遭人陷害，被流放宁古塔

之时，她更是感同身受，不得不放下自尊恳求皇帝的宽恕。

在她心中，亲情是至高无上的，保护好自己的家人，是她义不容辞的责任。所以即便她在甘露寺已经找到了自己今生的真正所爱，本可以隐姓埋名、安然脱身，但是当她发现自己身怀果郡王的孩子又听到误传果郡王已经身亡，同时得知自己的父亲身患重病，这一霎时之间，命运对这个纤弱的女子是何等的残酷啊，可是面对这些打击，她唯有选择坚持存活下去，她唯有选择回到皇帝的身边，这一刻，她图的不是自己的荣华富贵，而仅仅只是因为这个世间此时此刻只有皇帝能够让她与果郡王的孩子得到保全，同时可以让她的父亲转危为安。

至今，仍为那段重阳时节，因为中了计误穿了纯元故衣，甄嬛身怀六甲却失魂落魄地被皇帝禁足在宫中，祈盼、思念家中亲人的文字而伤心同情。在她的身上，我们看到了"亲情至上"这种根深蒂固的传统文化观念的传承。

锦水汤汤，与君长诀

白头吟

——卓文君

皑[一]如山上雪，皎若云间月。

闻君有两意[二]，故来相决[三]绝。

今日斗[四]酒会，明旦沟水头。

蹀躞[五]御沟[六]上，沟水东西流。

凄凄复凄凄，嫁娶不须啼，

愿得一心人，白头不相离[七]。

竹竿[八]何袅袅[九]，鱼尾何徙徙[十]，

男儿重意气[十一]，何用钱刀[十二]为？

诀别书

——卓文君

春华竞芳，五色凌素，琴尚在御，而新声代故！

锦水有鸳，汉宫有木，彼物而新，嗟世之人兮，瞀于淫而不悟！

朱弦断,明镜缺,朝露晞,芳时歇,白头吟,伤离别,努力加餐勿念妾,锦水汤汤,与君长诀!

【注释】

一、皑、皎:都是白。

二、两意:就是二心(和下文"一心"相对),指情变。

三、决:别。

四、斗:盛酒的器具。这两句是说今天置酒作最后的聚会,明早沟边分手。

五、蹀躞:行貌。

六、御沟:流经御苑或环绕宫墙的沟。东西流,即东流。"东西"是偏义复词。这里偏用东字的意义。以上二句是设想别后在沟边独行,过去的爱情生活将如沟水东流,一去不返。

七、这句话连下两句是说嫁女不须啼哭,只要嫁得"一心人",白头到老,别和我一样,那就好了。

八、竹竿:指钓竿。

九、袅袅:动摇貌。

十、徒徒:形容鱼尾像濡湿的羽毛。在中国歌谣里钓鱼是男女求偶的象征隐语。这里用隐语表示男女相爱的幸福。

十一、气:这里指感情、恩义。

十二、钱刀:古时的钱有铸成马刀形的,叫做刀钱。所以钱又称为钱刀。

【语译】

《白头吟》

爱情应该像山上的雪一般纯洁,如云间月亮一样光明。

戏里戏外看甄嬛 品古诗词的意境

听说你怀有二心，所以来与你决裂！

今日犹如最后的聚会，明日便将分手沟头。

我缓缓地移动脚步沿沟走去，只觉你我宛如沟水永远各奔东西。

当初我毅然离家随君远去，就不像一般女孩儿凄凄啼哭！

满以为嫁了个情意专一的称心郎，可以相爱到老永远幸福了。

男女情投意合就该像钓竿那样轻细柔长，像鱼儿那样活泼可爱。

男子汉应当以情为重，失去了真诚的爱情，是任何钱财珍宝所无法补偿的！

《诀别书》

春天百花盛开，争奇斗艳，绚烂的色彩掩盖了素洁的颜色。

琴声依旧在奏响，但已经不是原来的人在弹奏了。

锦江中有相伴游泳的鸳鸯，汉宫中有交援伸展的枝条。

它们都不曾离弃伴侣。

慨叹世上的人，却迷惑于美色，喜新厌旧。

朱弦断，知音绝。

明镜缺，夫妻分。

朝露晞，缘分尽。

芳时歇，人分离。

白头吟，伤离别。

希望您吃得好好的不要挂念我。

对着浩浩荡荡的锦水发誓，从今以后和你永远诀别。

【从诗词看甄嬛】

今日，就让你我走到这里。不要再纠缠、不要再痴恋。可叹姹

紫嫣红春正好，却是你我缘尽时。让所有的情意，让所有的记忆，都随着涛涛锦水而逝吧。我发誓，我不再爱你。

一曲《凤求凰》是卓文君和和司马相如爱情的开始，一袭《夜奔》是卓文君和司马相如爱情的高潮，而一首《白头吟》以及后附的《诀别诗》好似已是卓文君和司马相如爱情的终结。

时至今日，琴弦再难弹奏出美妙的韵律，明镜之中再无描眉的旖旎。所有的情愫都到此为止吧。情已逝、难再追。我愿将我三丈青丝一刀剪断，红尘之中再无你我相爱之时。

一首《杏花天影》是甄嬛和皇帝爱情的开始，一段《惊鸿舞》是甄嬛和皇帝爱情的高潮，而一句："朱弦断，明镜缺，朝露晞，芳时歇，白头吟，伤离别，努力加餐勿念妾，锦水汤汤，与君长诀！"好似亦是甄嬛和皇帝爱情的终结。

一首哀怨的《白头吟》和一篇坚决的《诀别诗》将卓文君和甄嬛这两位时隔千年的薄命红颜紧紧地联系在了一起。从某个角度看来，她们的爱情遭遇竟然这样地相似。

聪慧多才的卓文君怎么都不会想到，当初那个一无所有空有满腹经纶的司马相如在事业上略显锋芒，终于被举荐做官后，久居京城，赏尽风尘美女，加上官场得意，竟然产生了弃妻纳妾之意。曾经患难与共，情深意笃的日子早已被抛之脑后、忘得一干二净了。他哪里还记得千里之外还有一位日夜倍思丈夫的妻子。

曾经的甄嬛，怀抱着"愿得一人心，白首不相离"的美好心愿，期待着自己的爱情，以为皇帝便是她今生今世的唯一的、无可替代的良人。岂料一路走来，桩桩件件的伤害与冷酷让她终于看清他的真心，她终于知道自己只是他心中的某个影子。情之切，伤之深，莫过于彻底地绝望。

当然值得庆幸的是，在某一点上看来，卓文君和甄嬛都是极为

清醒的女子，敢爱敢恨、当机立断。

面对眼前见异思迁的负心汉，卓文君并没有选择隐忍，而是勇敢地站出来，将她的满腹才情与满心怨气糅合在一起，一篇《白头吟》与《诀别诗》洋洋洒洒三言两语，将司马相如数落个狗血淋头。这可真让人觉得酣畅淋漓啊！女人不是弱者，不该总是沉默地面对伤害，对于这些负心汉，就应该多些如卓文君这样的女子站出来。

面对身边刻薄寡情的皇帝，甄嬛也没有选择隐忍，既然不能与之抗衡，那么她宁愿选择决然地放手，离开这座没有温情、没有真心的皇宫，斩断尘缘，遁入空门。此时此刻，一个虚无飘渺的封号对她来说已经没有任何的意义，这世上有些感情是千金难买的，最大的哀伤莫过于心死！

当然，我们都知道卓文君和甄嬛两个人各自的爱情故事并没有随着一首《诀别诗》的终结而结束，滚滚红尘之中，还有各自关于她们后来的故事流传。

但是不管故事的结局如何，这两个聪慧女子那敢爱敢恨的性格终究让人深深为之折服。

此日六军同驻马，当时七夕笑牵牛

马嵬一（其二）

——（唐）李商隐

海外徒闻更九州二，他生三未卜此生休。

空闻虎旅四传宵柝五，无复鸡人六报晓筹。

此日七六军同驻马，当时七夕笑牵牛。

如何四纪八为天子，不及卢家有莫愁九？

【注释】

一、马嵬：地名，即马嵬坡，在今陕西兴平西，杨贵妃缢死的地方。

二、九州：战国时邹衍曾说中国的九州为海内之小九州，名曰赤县神州。中国外还有海外大九州。

三、他生：白居易《长恨歌》记载杨贵妃死后，玄宗思念不已，命方士在海外仙山找到她。成仙后的杨贵妃字太真，她让方士带着金钗钿盒回复玄宗，并订他生婚约。

四、虎旅：指护卫玄宗的禁军。

五、柝：夜间巡逻时的报警木梆。

六、鸡人：宫中不蓄鸡，有值夜卫士敲更筹报晓，称鸡人。

七、此日：马嵬兵变的这一天。《通鉴》至德元年六月丙申，"至马嵬驿，将士饥疲，皆愤怒"，引起兵变。六月癸未朔，丙申为十四日。当时七夕，陈鸿《长恨歌传》载，天宝十年七月七日玄宗和杨贵妃在长生殿相约生生世世为夫妻。

八、四纪：十二年为一纪。玄宗在位四十五年，故称"四纪为天子"。

九、莫愁：民间女子。

【语译】

空荡荡的马嵬坡下，独见玉颜空死处。上穷碧落下黄泉的深情，已然成空传说。

海外更有九州只是徒闻传说罢了，根本难以令人信凭。明皇和玉环两人今生的缘分恐怕已是终了，至于来世的相守与分离又有谁能知晓？

回想明皇当年，暂驻马嵬，空闻金柝声，不见宫室繁华。短短几夕间，物是人非，斗转星移。岂料玉颜已成空。

胞弟不正，三军怒斩其姐。那夜的天，正如那晚在长生殿嗤笑牛郎织女的天。谁料，竟然连牛郎织女也不如。

想来，天子也不过如此，连自己心爱的人都无法保护。早知如此，倒不及寻常人家的莫愁女儿了。

【从诗词看甄嬛】

《马嵬》是李商隐所作的咏史诗，共有七绝和七律两首，说的都是唐玄宗和杨玉环的故事。

杨玉环，是千古以来一个颇有争论的女人，不同的人、不同的

角度去分析她，都能得出多个结果不同的答案来。后世有人称杨玉环祸国乱政，也有人说杨玉环其实是政治的牺牲品。

传说杨玉环死后，唐玄宗曾令方士去海外寻其魂魄，方士历经千辛万苦，总于见到了成了仙的她。此刻的玉环托方士带回了自己佩戴的钿合金钗，并许下了来生来世与玄宗再续前缘的承诺。这样神话的故事结尾，也算是极为唯美浪漫的，只可惜你我心中自是明了的，九州更变、四海翻腾，海外茫茫徒然悲叹，而"他生"之约，又岂能真的实现？假若这个世界上真的有神话，那么杨玉环又怎会那么轻易地就被玄宗下旨，缢杀在马嵬坡下呢？

说到底，杨玉环之死只是一个由权力和政治创造出来的悲剧罢了。历史的种种记载表明杨玉环本身对权力并没有太多的欲望，对于政治她似乎更是一窍不通，一点都不感兴趣。她入宫后，便非常投入地把自己的全部精力都用在歌舞游戏和极尽奢华的享乐以及为唐玄宗而与梅妃等人争风吃醋之中了。同为皇帝的妃嫔，比起《甄嬛传》中的宜修皇后、华妃、甄嬛，杨玉环这样的所作所为可谓是十分朴素而又称职的了。

单纯的杨玉环以为玄宗便是她今生的天，天是永远不会幻灭的，有他的一日，何愁没有自己的位置呢？所以连自己最基本的保护——子嗣与人脉都没有谋求。在她入宫整整二十年，受宠十年这么长时间内，她竟然都是孑然一身的！莫说子嗣，身边连个真正贴心的、可以信任的人都没有。再让我们回到甄嬛的世界，就连隐藏得最为深沉的宜修皇后，她的身边都有一位誓死效忠的剪秋姑姑了。就更别说甄嬛了，她的一辈子，身边除了最可信任的槿汐之外，还有自己同父异母的亲妹妹浣碧、甘愿为主献身的义婢流朱、太监小允子，而关于子嗣，甄嬛共有胧月公主、龙凤胎弘瞻、灵犀三个亲生的子女，另外她认养了弘历、眉庄和温实初的女儿两人。

戏里戏外看甄嬛　品古诗词的意境

这些方面，杨玉环是远远望尘莫及的。

在众多的历史记载之中，太监高力士算是与杨玉环走得最近也是她最为亲近的奴仆了吧？可是，让我们随着历史记载的文字走进马嵬坡的驿站之中，却清楚明白地听见了在昏暗的灯光之下，太监高力士劝说唐玄宗杀掉杨玉环时的那番话："杨贵妃虽然无罪，但杨国忠被杀，杨贵妃仍处君侧，军士心下不安啊！"原来，富贵的终了，便是众叛亲离与忘恩负义。

可笑这一路逃亡，六军哗变同驻马，玄宗和玉环的爱情，也就随着一同"驻马"了，甚至在一瞬之间幻灭成空。什么"七月七日长生殿，夜半无人私语时。在天愿作比翼鸟，在地愿为连理枝"，到头来不过是一场绵绵无绝期的遗恨而已。

在政治上唐玄宗因为杨玉环而不理朝政，陌视民生；在权力上杨国忠因为杨玉环而青云直上，乱国废纲。可从杨贵妃自身来看，她却没有任何一点能力去左右、选择自己的命运！唐玄宗将她娶作儿媳妇，她无法反抗；入宫得宠，沉迷享乐，作为一个皇帝的妃嫔来说，也非大错；至于杨氏一族的鸡犬升天，若没有得到唐玄宗的支持，单凭杨玉环一己之力是绝不可能做到的。

可偏偏就因为这些，一个毫无政治眼光、只会居家享乐，专注于个人感情，丝毫没有民生国家概念的小女人——杨玉环，就这样间接着被一个昏了头脑、纵情声色的老皇帝给推到了绞架之上。

真爱又如何？更何况千古帝王无真爱！甄嬛、宜修、华妃以及杨玉环这一众绝色红颜的悲剧结果可想而知。

问莲根，有丝多少，莲心为谁苦

摸鱼儿·问莲根有丝多少

——（元）元好问

泰和中，大名民家小儿女，有以私情不如意赴水者，官为踪迹之，无见也。其后踏藕者得二尸水中，衣服仍可验，其事乃白。是岁此陂荷花开，无不并蒂者。沁水梁国用，时为录事判官，为李用章内翰言如此。此曲以乐府《双蕖怨》命篇。"咀五色之灵芝，香生九窍；咽三危之瑞露，春动七情"，韩偓《香奁集》中自序语。

问莲根、有丝多少，莲心知为谁苦？双花脉脉娇相向，只是旧家儿女。天已许。甚不教、白头生死鸳鸯浦¯？夕阳无语。算谢客²烟中，湘妃江上，未是断肠处。

香奁梦，好在灵芝瑞露。人间俯仰今古。海枯石烂情缘在，幽恨不埋黄土。相思树，流年度，无端又被西风误。兰舟少住。怕载酒重来，红衣半落，狼藉卧风雨。

【注释】

一、鸳鸯浦：鸳鸯栖息的水滨。比喻美色荟萃之所。

二、谢客：指谢灵运。

戏里戏外 看甄嬛 品古诗词的意境

【语译】

泰和年间，河北大名府有两个青年男女，彼此相恋却遭家人反对，固而愤而投河自尽。后来人们才发现他们在水中的尸体。由于这一爱情悲剧，后来那年的荷花全都并蒂而开，为此鸣情。故事哀婉，令人动情。这首词就是我闻听此事后，抒发感想，借以向为争取爱情自由而牺牲的青年男女表示同情。其中"咀五色之灵芝，香生九窍；咽三危之瑞露，春动七情"，两句引用了韩偓《香奁集》中的自序语。

连根之藕，有丝多少？并蒂之莲，心为谁苦？这莲便是爱怜之怜，这"丝"便是相思之思，这相依相向的两朵红莲，正是为自由恋爱以死抗争的一对民家儿女的化身哪！天意已让他们死后不再分离，为什么人世却容不得他们的真诚相爱？与他们相比，娥皇、女英湘江殉舜之类的大悲之事也算不得凄绝尘寰了，但他们身虽死，而那如灵芝瑞露般纯洁的爱情，却海枯石烂不磨灭；他们一腔悲愤，绝不会让黄土情种再受到腐恶势力所摧残，真怕不及时吊祭，以后重来面对落红狼藉，不免更增几分悲凉之意呢！

【从诗词看甄嬛】

一个词牌让人真心喜欢上了遗山先生。这位金末元初最有成就的文坛盟主，他的内心一定是充满怜悯的，唯有心善之人，他才会从一棵树、一朵花、一双雁、一枝莲花中看到生命、爱情的可贵与真诚。

向来甚是喜爱唐宋的风韵，对于元代的文学，自问是兴趣不高的。印象之中元朝是个粗犷的民族，塞外牧马、草原无垠，天生造就了他们豪放的性格与文风，而偏偏自己的性格之中柔弱偏多，亦

爱绮丽缠绵的句子，所以甚少去接触元代的作品。唯独，遗山先生所写的一个词牌、两阙词作，让人为之动容，久久难忘。那便是他的《摸鱼儿·问莲根有丝多少》和《摸鱼儿·问世间情为何物》。

《甄嬛传》中甄嬛带发修行在甘露寺中，温实初为怕其受苦，常常殷勤地探望她，解她燃眉、竭尽所能地帮助她。为了给甄嬛更好的保护，那一日，实初哥哥再次赠以家传的玉壶，委婉地告知他心中的嬛妹妹，不管她如何变故，他对她始终是那一片纯洁依旧的冰心藏在玉壶。

面对实初哥哥的真诚与执着，无可否认甄嬛是甚为感动的。可是造化弄人，偏偏甄嬛与实初哥哥之间总是迂迂回回地缺少了那么一点火花。在她的心中，实初哥哥是极好的，但自己对他却仅仅只有如亲哥哥般的敬意与谢意，怎么都好，就是难以和"情人"做比拟。

于是甄嬛与他追忆童年莲池泛舟、剥莲子的美好情景，便情不自禁地吟诵起遗山先生的这阙《摸鱼儿·问莲根有丝多少》。

先生在小序中为你我讲述了一个凄切哀婉的爱情故事。泰和年间，河北大名府有一对恋人，彼此相恋却遭家人反对，便愤而投河自尽。故事哀婉，令人动情。先生闻听此事后，抒发感想，向为争取爱情自由而牺牲的青年男女表示了自己强烈的同情感。

"问莲根、有丝多少，莲心知为谁苦？"

一个"问"字道尽了先生心中难以按捺的激动情绪，面对悲剧的发生，他忍不住地要询问、要厉声责问甚至是斥问："为什么有情之人却不能一世相爱相守？是什么样的逼迫让他们走投无路，唯有双双殉情、沉尸荷塘？是什么让他们终究走上绝路？"

痴情无过，这世间情愫美好，男男女女之间的相逢是这样的美妙。一个眼神的交集却仿佛三生石上早已有红绳紧紧相牵，这一时

什么门当户对、什么身份地位都可以被忽略，有情便是最好的，管什么金玉良缘、叹什么木石前缘统统只要珍惜眼前就好。只可惜却又有很多的人在人生路上愈走愈远，渐渐遗忘了最初的真诚，渐渐蒙蔽了自己原来纯真的本性。红尘漫漫，同时亦有些人越走越觉得原本甜如莲子的人生之路，会慢慢变得苦如莲心，自己却连选择和抗拒的能力都没有，只能生生地将它吞入腹中。

如甄嬛，在连番的风雨斗争之后，她看透了皇帝的心，遁入空门，却渐渐发现原来自己身边一直有良人——果郡王无怨无悔地守候着。甄嬛那颗冰冷的心渐渐地融化，就在她与他山盟海誓、缔结良缘，并且她怀上了他的一双孩子之后，却阴差阳错地走上了另一条只能相见不能相守的不归之路。

如温实初，他一直爱着心中的嬛妹妹，他愿意为了她一生默默地守候，哪怕他知道她的心中从来没有自己的位置，但是能这样陪着她走过风雨，他心中已然无求。本以为从此就这样了却残生，却为何到头来，才知道自己这么多年一直错过的，竟是眉庄那默默无悔的守候！

这月老，到底是怎么了？怎么痴情司中，总要有这么多不如人意的爱恨悲伤、阴差阳错？这苦如莲心的爱情啊，何时才能走到尽头？

荷池之中的荷花忽然之间一夜并蒂，连苍天都能为凡人的真情所感动，可为何仍有人不肯让他们为爱情而坚贞无悔地厮守到老呢？

夕阳无语、江水默默，或者永远都没有人能够回答遗山先生的追问。

一抔黄土，依依相思树，渡口自横的兰舟，雨后落了一地的残红。满池怒放的并蒂莲花，河边孤立的一冢雁丘……这一切都是遗山先生眼中对美好爱情的向往、对有情人终难成眷属的同情，更是

先生对世道黑暗、人心不古的愤怒。

这苦入心脾的爱情，发生在甄嬛、果郡王、温实初、沈眉庄的身上。

这苦入心脾的爱情，亦发生在现实之中的某些男男女女身上。

无论如何，这苦入心脾却又坚贞无悔的爱情，值得一世为之歌颂！

这苦入心脾的爱情啊！

上山采蘼芜，下山逢故夫

上山采蘼芜

——（汉）无名氏

上山采蘼芜一，下山逢故夫。

长跪问故夫，新人复何如？

新人虽言好，未若故人姝二。

颜色类相似，手爪三不相如。

新人从门入，故人从閤去四。

新人工织缣五，故人工织素。

织缣日一匹六，织素五丈余。

将缣来比素，新人不如故。

【注释】

一、蘼芜：一种香草，叶子风干可以做香料。古人相信蘼芜可使妇人多子。

二、姝：好。不仅指容貌。当"新人从门入"的时候，故人是丈夫憎厌的对象，但新人入门之后，丈夫久而生厌，转又觉得故人比新人好了。这里把男子喜新厌旧的心理写得更深一层。

三、手爪：指纺织等技巧。

四、阁：旁门，小门。新妇从正面大门被迎进来，故妻从旁边小门被送出去。一荣一辱，一喜一悲，尖锐对照。这两句是弃妇的话，当故夫对她流露出一些念旧之情的时候，她忍不住重提旧事，诉一诉当时所受委屈。

五、缣（jiān）、素：都是绢。素色洁白，缣色带黄，素贵缣贱。

六、一匹：长四丈，宽二尺二寸。

【语译】

登上山中采蘼芜，下山偶遇前时夫。

故人长跪问故夫："你的新妻怎么样？"

夫说："新妻虽不错，却比不上你的好。

美貌虽然也相近，纺织技巧差得多。

新人从门娶回家，你从小门离开我。

新人很会织黄绢，你却能够织白素。

黄绢日织只一匹，白素五丈更有余。

黄绢白素来相比，我的新人不如你。"

【从诗词看甄嬛】

《甄嬛传》中有很多性格迥异、气质不同的女人，她们前前后后、纷纷扰扰地围绕着属于自己的故事情节争奇斗艳般地粉墨登场。

在这些女人当中，有的是后宫妃嫔，有的是皇亲贵族，有的是俏丽丫鬟，有的是烟花女子，亦有的是佛门中人。其中，最为与众不同的当属甄嬛在甘露寺中遇见的尼姑——莫言了。

戏中的莫言身材魁梧，独来独往，性格豪爽且为人仗义，生得一副凶神恶煞的样子，与甘露寺以及寺中的众位尼姑简直是格格不入的。

只是她背后的故事，唯有心思细腻的甄嬛是看得仔细的。除却了平时掩盖于脸上的怒气，莫言的容貌也不算难看的，即使是岁月的风霜与眼角的戾气徒留，但是下颌柔美的弧度却依然清晰在目，勾勒出她别样的风韵。

假若时光能够倒退。是的，假若时光能够倒退，就如莫言自己所言："未嫁人时，谁不是好女儿来着，性子温柔沉静又腼腆。只不过嫁人之后心力交瘁不说，若碰上丈夫不好，婆家苛刻，只怕再好的珍珠样的女儿家也被生生磨成鱼眼珠了。"

耳听着她的这番话说得貌似直白，可是细细品味，却发现正是她这一番直白的话语，道尽了世间多少女儿家心中难以言说的苦涩。

网络上曾有这样一段经典的句子："每个女孩儿都曾是无泪的天使，当遇到自己喜欢的男孩儿时，天使流下了眼泪，于是变成凡人，放弃了整个天堂，坠落人间；每个女孩儿都是天使，当她遇见自己心爱的男孩儿时，便得折断自己的翅膀，告别天堂，永堕轮回。"

当世间的男子抱得美人归之时，真的可曾想过你自己从此便是女人日后永远的天堂？

莫言便是故事之中那个折了翼的天使，嫁给了一个不懂得珍惜她的男人。所以，她受过很大的伤害，丈夫不单背叛了她，还因为埋怨她生不出儿子而亲手把自己刚出生不久的小女儿当着她的面活活溺死，让她伤透了心。使得她在日后漫长的磨炼之中变得勇猛坚硬，不肯轻易为人接近。她不再相信男人，不再相信、向往世间一

切男女之情。

那日河边，她向甄嬛诉说自己的丈夫来寺中求她回家的事情。甄嬛问她是否还有意回头，与丈夫重修旧好，莫言的那句回答让人同情："把我死了的小女儿的命还来，我就跟他回去。"

读至这里，忽然想起旧时曾经看过这样的一则新闻故事：结婚五年，年仅三十岁的小樱的丈夫有了外遇，向她提出离婚，毫无经济收入的小樱不同意。在他们分居一年后，法院给予办理了离婚手续。离婚后的第二天，小樱带着怨恨、带着年仅三岁的儿子投河自尽了！

莫言和小樱的遭遇都是非常不幸的，但是同在不幸之中的莫言与小樱一作对比，莫言那坚毅不屈、不肯轻易向命运低头的牛劲儿让人不得不为之所折服。而小樱对待生活变故做出如此草率的决定，还要搭上无辜的年幼的儿子的性命，也着实让人为之惋惜，生命如此不堪一击，比起坚强的莫言，其选择是可怜的，其结局是可悲的！

这时的莫言，让甄嬛想到那首名叫《上山采蘼芜》的乐府诗。

《上山采蘼芜》是一首描写弃妇的诗歌。全篇是弃妇与前夫重逢时的一番简短对话。弃妇向前夫打听"新人"的情况："新人复何如？"一个"复"字用得意味深长，既透露出弃妇心中的无限委屈怨恨，又带着一丝本能的妒意。故夫则回答："容颜不如你，手脚更不如你麻利。"弃妇则冷冷地刺了他一句："新人从门入，故人从阁去。"心怀愧意的故夫急于表白，于是得出"新人不如故"的结论。

人生的道路绝非一帆风顺，遭遇失败在所难免。重要的是失败了，你仍需保持清醒的头脑，理智地面对结局，反思失败的原因，走出失败的阴影，那么，又何愁不会柳暗花明呢？

诗中有"长跪"一词出现，这词形象地体现了诗中女子的睿智与聪慧。尽管她曾用心服侍自己的前夫，而当她青春不再，前夫竟然无情地将她抛弃，再次相遇，她内心的那种悔恨充溢于胸膛是可想而知的，可她却没有生气，亦不做回避，而是恪守着礼节，对抛弃自己的前夫"长跪"，如此气度，可惊可叹！女子虽然身体跪下了，但内心却比任何人都坚韧！一句"新人复何如"，表面上语气平稳，但内心的被抛弃的伤痛对妇人的折磨可想而知。女子在说出这句话之时，她的内心定是心如刀绞的。但是她没有选择逃避，而是勇敢地问了出来，想必面前的男人面对自己前妻的这份气度亦是十分敬佩，面对如此坚强的女子，男人内心中对于抛弃她的后悔之情已经油然而生了。

有句格言说得是极好的："人类的生命就是从绝望的另一个极端展开的。"当一个人身处逆境，面临绝望时，唯有昂首前望，爬出深渊，别无选择。而正因为这种坚持，使得自己的眼界更为开阔，或许就这样，你找到了一条自己前所未发现的出路。

在生活中，许多人往往就是在遭遇失败之中发现自己的真正的才干的。就如靳羽西，她也曾是一个遭遇不幸婚姻的女人。离婚后，她潜心学习法语，并且开始健身运动。后来，善于观察的靳羽西发现，中国女性很少化妆，为了使东方女性更好地展现自己的魅力，她决定开办一家化妆品公司。众所周知，化妆品的研制和试验常常会伴随着挫折和失败，可她毫不气馁，不断地总结失败的经验和教训，不断地摸索，终于，爱美的靳羽西实现了自己的梦想——帮助亚洲女性树立了她们具有的独一无二的美的自信，成立了靳羽西化妆品牌，她用一支又一支的口红改变了中国女人的形象。通过长期的奋力拼搏，靳羽西已成为一名世界著名电视节目主持人和杰出女企业家。从靳羽西身上，我们看到的是一个自爱、自强、自信

的充满人格魅力的成功女性。

　　所以在生存压力日渐增大，竞争愈演愈烈的现实社会，任何一位女子，都当有如莫言那样的韧性，面对磨难，切记要懂得自尊、自强、自爱、自信，敢于直面自己与众不同的人生。面对挫折和失败，要生存先把泪擦干，然后冷静地思考如何去改变，相信成功总是属于那些吃苦耐劳、坚忍不拔、顽强向上的强者。

十年修得同船渡，百年修得共枕眠

增广贤文（节选）

一日夫妻，百世姻缘^一。

百世修来同船渡，千世修来共枕眠。

【注释】

一、姻缘：旧时谓婚姻的缘分。出处：《京本通俗小说·志诚张主管》："开言成匹配，举口合姻缘。"

【语译】

今世能成为夫妻的两个人，那其实是集聚了好几辈子才修来的福气。一百年的修为换来今世与君同坐一艘船，一千年的修为换来与君同床共好梦。

【从诗词看甄嬛】

这一世，你是谁？这一世我又是谁？这一世与你在茫茫人海中相遇，你还会认得我吗？

这一世，你在哪儿？这一世我又在哪儿？这一世假若你我分开

在天涯海角，我们还能相聚吗？

这一世，你爱着谁？这一世我又爱着谁？这一世假如你我已经将彼此忘却，会否身边都各自有爱着的伴侣？而我们上一辈子做好的约定，又将如何实现？

所以，你一定要等着我呀，等着我历经沧桑，踏破红尘，来到你的面前。摊开手掌，让你端详我掌中那颗前世早已铸下的朱砂。

老人总说，人与人之间今生的姻缘，是上一辈子或者是上上一辈子修来的。前世我与他情缘未了，于是这一世，月老便让我们再度相识、相爱、相知，再续前生未了缘。关于姻缘，早有《增广贤文》里头"百世修来同船渡，千世修来共枕眠"这样甜蜜的诗句前来概括了。对于这个句子，也有人作"十年修得同船渡，百年修得共枕眠"来解释。它源于自清朝的弹词作品《义妖传》。且不管究竟是"十年"、"百年"还是"千年"，它们统统都只是一个概数而已，意在强调缘分之不易君当要努力珍惜才好。

那一日甄嬛应果郡王的邀约，送他坐渡船前往缥缈峰别院清凉台。小船之上，阿奴的一句戏言："十年修得同舟渡，百年修得共枕眠。你们俩这样同舟共渡，却怎么连话也不说呢？"便如一粒小石子落入心湖之中，泛起满池的涟漪。

其实所有的相遇与情愫说到底都是一个"缘"字。人生在世，有存有亡，有聚有散，其中契机，全系于一个"缘"字。

"缘分"把每一个人都领会到、感觉到而又表达不出的那种感觉把握住了。不须是天资过人的才子，不须是超凡脱俗的圣贤，迟早都能有这样一种感悟：人与人、人与物的聚散十分奇妙，早一刻不能，晚一瞬不成，一种无心的聚汇。

大千世界，从空间上说浩瀚无垠，从时间上说漫漫无际，而微尘刹土般的人与人、人与物竟会在同一时刻、同一地点相汇，这简

直比太空中的九星会聚还要难得几十倍。诸多事物和机遇都具有这样的特性：求之不得，避之不及！来而不可拒，去而不可求。这不是缘又是什么？

可知今生能与你相识相知共谐连理有多么不容易：今生能得以同床共枕，乃是前世前世前前世累计修了一千年的善业，可见并非前世那一句字字血泪的海誓山盟就可达到目的。物质不受人的意识而转移，引申过来即是：现实不是你想一想就能称心所愿——颇合乎辩证唯物主义世界观的逻辑。

所以，且让我们眼含热泪，以一种羡慕而安慰的心态看完甄嬛与果郡王于飘渺峰清凉台上所发生的这一段短暂而又浪漫温馨的爱情故事吧。不管故事的结果如何残酷，至少这一刻，他们的心是紧紧相连的，乃至以后的年年岁岁，天上人间，永不相离。

滚滚红尘里至今仍有隐约的耳语跟随他俩的传说：她是他一辈子唯一的妻。他也是她一辈子真正爱着的郎君……

青青河畔草，绵绵思远道

饮马长城窟行

——汉乐府民歌

青青河畔草，绵绵^一思远道。

远道不可思，宿昔^二梦见之。

梦见在我傍，忽觉在他乡。

他乡各异县，展转^三不相见。

枯桑^四知天风，海水知天寒。

入门各自媚^五，谁肯相为言^六！

客从远方来，遗我双鲤鱼^七。

呼儿烹^八鲤鱼，中有尺素^九书。

长跪^十读素书，书中竟何如？

上言加餐食，下言长相忆^{十一}。

【注释】

一、绵绵：延续不断，形容草也形容对于远方人的相思。

二、宿昔：指昨夜。

三、展转：亦作"辗转"，不定。这里是说在他乡做客的人行

踪无定。"展转"又是形容不能安眠之词。如将这一句解释指思妇而言，也可以通，就是说她醒后翻来覆去不能再入梦。

四、枯桑：落了叶的桑树。这两句是说枯桑虽然没有叶，仍然感到风吹，海水虽然不结冰，仍然感到天冷。比喻那远方的人纵然感情淡薄也应该知道我的孤凄、我的想念。

五、媚：爱。

六、言：问讯。此二句是把远人没有音信归咎于别人不肯代为传送。

七、双鲤鱼：指藏书信的函，就是刻成鲤鱼形的两块木板，一底一盖，把书信夹在里面。一说将上面写着书信的绢结成鱼形。

八、烹：煮。假鱼本不能煮，诗人为了造语生动故意将打开书函说成烹鱼。

九、尺素：素是生绢，古人用绢写信。

十、长跪：伸直了腰跪着，古人席地而坐，坐时两膝着地，臀部压在脚后跟上。跪时将腰伸直，上身就显得长些，所以称为"长跪"。

十一、末二句"上"、"下"指书信的前部与后部。

【语译】

河边春草青青，连绵不绝伸向远方，令我思念远行在外的丈夫。远在外乡的丈夫不能终日思念，但在梦里很快就能见到他。梦里见他在我的身旁，一觉醒来发觉他仍在他乡。他乡各有不同的地区，丈夫在他乡漂泊不能见到。桑树枯萎知道天风已到，海水也知道天寒的滋味。同乡的游子各自回家探亲，有谁肯告诉我丈夫的讯息？有位客人从远方来到，送给我装有绢帛书信的鲤鱼形状的木盒。呼唤童仆打开木盒，其中有尺把长的用素帛写的信。恭恭敬敬

地拜读丈夫用素帛写的信，信中究竟说了些什么？书信的前一部分是说要增加饭量保重身体，书信的后一部分是说经常想念。

【从诗词看甄嬛】

对于何绵绵，我们知道得甚少，也没有见过她温婉娇柔的模样。单单只是在甄嬛与舒贵太妃的言谈中略知一二。然而，正是这样一个在故事中从未露面的女子，却承载着联系一整个故事的重任。若没有了她，何来的浣碧？没有了浣碧，果郡王香囊之中的那张小像又不知会惹出什么样的风波来了。

对于何绵绵与甄远道的爱情故事，我是极为同情的。一段真真的感情，却因为世俗的缘故而只能深深地埋藏压抑在心中，这种苦无人能诉，这种思念折煞了人。

然而我喜欢上这个短命的苦情女子的重要原因其实是那个她给自己起的汉族名字——"何绵绵"！

读过《甄嬛传》的人都知道何绵绵与舒贵太妃一样同是异族女子，更因为身为罪臣之后，她被永世没入奴籍，不得翻身，更不能嫁于官宦之家为妻作妾。从异族入京的一路之上兵荒马乱，舒贵太妃初遇这个苦命的女子，只是当时的她还不叫"何绵绵"而叫"碧珠儿"。"何绵绵"是因为后来她与甄远道相爱，为了那份蚀骨难言的相思，才借用一首汉乐府民歌的句子，将自己改名"何绵绵"的。

青青河畔草，绵绵思远道。

出自于汉乐府民歌《饮马长城窟行》。这首诗以思妇第一人称自叙的口吻写出，多处采用比兴的手法，语言清新通俗。

"青青河畔草，绵绵思远道。远道不可思，夙昔梦见之。梦见在我旁，忽觉在他乡。他乡各异县，展转不相见"。这些句子，以

戏里戏外 看甄嬛 品古诗词的意境

前一句的结尾做后一句的开头，使得句句首尾相衔，连绵不绝，犹如男女之爱永不相忘、相携永远，语句上递下接，气势连贯，是极有特色的。

那个整日里"思远道"之人啊，是如此的坚定，哪怕"远道不可思"，唯有夜夜在梦中相见；"梦见在身边"，梦醒之后却又忽然感觉梦境如此飘渺，顷刻之间，心绪低落难以自持，任之相思肆虐无人能解。

仅仅的八个诗句之中，就用上了好几个转折，情思恍惚，意象迷离，亦喜亦悲，变化难测，是女子怀人之情缠绵殷切的真实写照。

热恋之中的女子，总是爱幻想的。就如诗中那个女子的种种意想一般，似梦非梦，亦幻亦真。意想之中，她仿佛看见家中有远客而来，并且给她带来远方情郎寄给她的"双鲤鱼"，"中有尺素书"……这一切兴许是真的，亦或是一种极度思念时产生的臆象。剖鱼见书，何等传奇，而游子投书，又是极为入情入理之事。虚虚实实、实实虚虚，让人突觉真假难辨，神韵更甚。最令人感动的是结尾。好不容易收到来信，"上言加餐食，下言长相忆"，却偏偏没有一个字提到归期。归家无期，信中的语气又近于永诀，这意味着什么呢？这大概是寄信人不忍明言，读信人也不敢揣想的。如此作结，余味无尽。

这满满的一阕相思，道尽了离人心中的依恋，也正因为碧珠儿的情郎姓甄名远道，这样的巧合，便成就了绵绵的名字。

试想那些美好明媚的日子里，整日里听见心爱之人在耳边呢喃："青青河畔草，绵绵思远道。"此情此景是何等的惬意啊！

我的情郎呀，你可知我在思念着你呀？我对你的爱情，就如这葱葱郁郁，而又绵绵不断的青青小草一样永无绝期。哪怕只能这样

安安静静地、不能为人所知地爱着，我也愿意……

　　不管何绵绵后来的命运如何，但这一时这一刻，她与甄远道却的确曾真真实实地爱过一场，所有的磨难都是值得的！

亲情可贵

烽火连三月，家书抵万金

春 望
——（唐）杜甫

国一破二山河在，城三春草木深四。

感时五花溅泪，恨别六鸟惊心。

烽火七连三月八，家书九抵万金十。

白头十一搔十二更短，浑十三欲十四不胜簪十五。

【注释】

一、国：国家。

二、破：破碎。

三、城：长安城。

四、深：茂盛；茂密。

五、感时：感慨时序的变迁或时势的变化。

六、恨别：恨别的情景。

七、烽火：古时边疆在高台上为报警点燃的火。这里指战争中烧掠的情景出现在周围的城市乡村。

八、连三月：连续多个月。

九、家书：平安信。（当时杜甫家住鄜州城外羌村）

十、抵万金：家书可值几万两黄金，极言家信之难得。

抵：值。

十一、白头：白头发，老态。

十二、搔：抓，挠。

十三、浑：简直。

十四、欲：想，要，就要。

十五、簪：一种束发的首饰。

【语译】

长安沦陷国家破碎，只有山河依旧，
春天来了城空人稀，草木茂密深沉。
感伤国事面对繁花，难禁涕泪四溅，
亲人离散鸟鸣惊心，反觉增加离恨。
立春以来战火频连，已经蔓延多月，
家在鄜州音讯难得，一信抵值万金。
愁绪缠绕搔头思考，白发越搔越短，
头发脱落既短又少，简直不能插簪。

【从诗词看甄嬛】

观历史之事都言乱世出英雄，时局动荡之时，就总有些热血之人会乘机揭竿而起，旌旗猎猎，意图为江山、为社稷、为民众，也为自己某一个美好未来、锦绣前程。只是往往这些事情难免引起一番战乱，而战乱的最终成也好、败也罢，烽火连城苦了的，终究是那些因为战乱而被迫离乡背井、妻离子散、家破人亡的平凡民众。

唐朝末年，安禄山起兵反唐，由于杨国忠误导唐玄宗，把守潼

关的哥舒翰派到关外攻打叛军大本营，安禄山没有了劲敌，一下子就直捣黄龙，轻易攻下了长安。仓皇之间唐玄宗带领嫔妃皇子，与一众大臣们逃往灵武。之后玄宗退位，太子李亨在灵武称帝，名号"肃宗"，就在至德元年（756 年）八月，杜甫从鄜州前往灵武投奔唐肃宗，途中为叛军所俘，后被困居住在长安。这首五言律诗便是杜甫于次年三月所做。

回望当时的长安城被安史叛军焚掠一空，满目疮痍。杜甫看见这山河依旧而国破家亡，春回大地却满城荒凉，在此身陷逆境、思家情切之际，禁不住触景伤情，满腹深沉的忧伤和一腔无限的感慨由此而发。

山河一片依然存于苍茫天地之间，可是此刻繁华的长安城却早已沦陷了，昔日昌盛的国家亦随之破碎了。浑然不觉之间春临大地，万物复苏，唯独偌大一座长安城中空空荡荡、人踪寥寥，犹如空城。满城之中唯见草木茂盛浓郁，不似春天的欣欣向荣，却凭添阴森几分。

此时此景，置身于这样一座昔日繁华如今不复而再的空城之中，回忆往时再看眼前，心情该是何等悲壮啊！一个"破"字怵目惊心，一个"深"字满目凄然！

然而大自然却始终是恒定不休的，它不会因时势的变化而改变自己原本的规律。春天的脚步，照样翩翩地降临到这座破败的空城之中。大自然的万物在春光之中蓄势待发，孕育着无可估量的生命力，眼前人事和永恒时空的明显对比，让杜甫更为强烈地感受到内心的荒凉与寂寞，哀愁由心而生，以至于眼前所见一切景致只剩下山河草木、空廓一片。

杜甫心中感伤国事，乃至于面对眼前繁花一片，却毫无半点喜悦之情，甚至禁不住涕泪四溅。亲人离散了，再不见往日促膝长

谈、其乐融融，此时此刻孤身一人聆听树林之中鸟儿的鸣叫声声，竟然觉得是这般的心惊忐忑，离恨骤生。假若花鸟懂性，亦会因为此情此景而泪流悲啼吧？

细细数来，连绵的战火已经延续了半年多，家中众人此刻可是安好？自那日匆匆一别，从此有如天涯陌路，音讯隔绝。倘若此时天边鸿雁能稍来只言片语，告知家人安好，那将是比万两黄金还要珍贵百倍的啊！

愁绪满怀，纠缠不休，苦闷之中唯有不住地搔头思考，渐渐地满头白发也在不知不觉间越搔越短，慢慢脱落，骤然发觉，已是既短又少，就连想要将它们梳成一个髻，再插上一根簪子都不行了。

从来游子在外，家中之人安好的消息就是对他极好的安慰，无论自己身在何方、如何漂泊劳累抑或身缠万贯，最宝贵、难舍的，始终是那一抔来自故乡的黄土、一枚树叶、一张照片、一封家书。

对于此时此刻的甄嬛来说，从养尊处优的皇宫妃嫔一落千丈成为甘露寺中无人问津的一介娘子，那种凄然，可想而知。更何况她还要忍受着与刚刚诞下的女儿生生分离，与自己至亲的父母家人天涯永隔的痛苦。如此的心理落差，如此的刻骨煎熬实在是非一般常人所能够忍受的。

这个时候，她收到了一封由果郡王亲自带来的家书，上面别着一朵代表远方亲人的思念与牵挂以及表示平安的粉色荷花的信笺。信中虽然只有寥寥几语，却是由家人的眷眷之心凝结而成，各自天涯，各自珍重。

这样的家书于甄嬛来说无疑是极为珍贵的，它的价值连城之处，在于它如一条细细的丝带，将本已离散的甄氏一家又重新维系在一起，给彼此鼓励，给彼此勇气去面对日后的一切风风雨雨。

匪我思存

国风·郑风·出其东门
——诗经

出其东门一，有女如云二。

虽则如云，匪三我思存四。

缟五衣綦巾六，聊七乐我员八。

出其闉闍九，有女如荼十。

虽则如荼，匪我思且十一。

缟衣茹藘十二，聊可与娱。

【注释】

一、东门：城东门。

二、如云：形容众多。

三、匪：非。

四、思存：想念。思：语助词。存：一说在；一说念；一说慰藉。

五、缟：白色；素白绢。

六、綦巾：暗绿色头巾。

七、聊：愿。

八、员：同"云"，语助词。

九、闉阇：外城门。

十、荼：茅花，白色。茅花开时一片皆白，此亦形容女子众多。

十一、且：语助词。一说慰藉。

十二、茹藘：茜草，其根可制作绛红色染料，此指绛红色蔽膝。"缟衣"、"綦巾"、"茹藘"之服，均显示此女身份之贫贱。

【语译】

信步走出东城门，美女熙熙多如云。

虽然美女多如云，没有我的意中人。

只有白衣绿佩巾，才能赢得我的心。

信步走出城门外，美女熙熙如茅花。

虽然美女如茅花，没有我的意中人。

只有白衣红佩巾，才能同我共欢娱。

【从诗词看甄嬛】

果郡王二十四了，却好似对美色毫无感觉，一点纳妃的意思都没有，这可急坏了宫中的皇太后。太后有意将沛国公之女孟静娴指婚给他。果郡王当夜终于熬不住相思之苦，赶到了甘露寺中，对着甄嬛念了这句："出其东门，有女如云。虽则如云，匪我思存。"

向来民间多有"痴心女子负心汉"的传说，形形色色的故事之中包含了不少在绝色美女前便会轻易心旌动、神颠魂倒的轻浮男子的风流故事。这样的男人，多半都是要扮演负心汉子辜负女人的角色的，就像《包青天》中的陈世美、汉高祖刘邦，等等，这些人物

即使是千古一帝也好，翩跹公子也好，向来是不怎么得人待见的。

当然，世界上还有另外一种男子的存在，即使是美女坐怀，他仍然能保持清醒的意志，深刻知道自己究竟要些什么，面对诱惑毫不心动，堪称坐怀不乱的好汉子。春秋鲁国的柳下惠、《三国演义》的关云长……虽然这样的男人不是很多，但是毕竟真真实实地存在着，他们用自己的坚定构成了人间一道美丽的风景线。

坚贞是对自己的选择有着清醒的认识和确认，对自己的需要有着不懈的追求。在此之中有些是凭直感来进行，也有一些需要以深刻的内省为基础。美丽的花几千万朵，最心爱的只有唯一的那一朵；任凭弱水三千，只取一瓢饮。

这些男人信奉着自己的准则，他们坚持地认为美丽漂亮秀色可餐固然使人愉悦，但不一定是值得他们为之心动，唯有美而可爱、美且韵者，才能瞬间打动心灵最深处。漂亮的不一定是最好的，最好的必定是最合适的。

这种美女如云却能坐怀不乱者，需要无比坚定的意志，兴许这些种种大概不会逊于疆场上刀光剑影下的英雄气概。所谓"英雄难过美人关"，英雄可以在战场之上奋勇杀敌、视死如归，却不一定能定身在万花丛中纹丝不动。即使他是一位叱咤江山的帝皇，毕竟也是肉身凡胎，爱美人不爱江山之事那也是层出不穷、雷同者甚多的，几乎每一个都是众人的好榜样！

对于《国风·郑风·出其东门》这首诗的主旨，争议倒是颇多的。《毛诗序》以为是"闵乱"之作，在郑之内乱中"兵革不息，男女相弃，民人思保其室家焉"；朱熹《诗集传》则称是"人见淫奔之女而作此诗。以为此女虽美且众，而非我思之所存，不如己之室家，虽贫且陋，而聊可自乐也"。清姚际恒《诗经通论》并驳二说曰："小序谓'闵乱'，诗绝无此意。按郑国春月，士女出游，士

人见之，自言无所系思，而室家聊足娱乐也。男固贞矣，女不必淫。以'如云'、'如荼'之女而皆谓之淫，罪过罪过！"驳得颇为痛快。但断"缟衣綦巾"者为其妻室，却也未必。清马瑞辰《毛诗传笺通释》引《夏小正》传谓"缟衣为未嫁女所服之"。至此，人们终究认为此诗的主旨，还是定位恋人盟誓较为妥当。

郑国的春月里头，有清波映漾的溱水、洧水之畔，更有"殷且盈"的青年男女，"秉兰"相会、笑语"相谑"，互相赠送着象征爱情的芍药花。

试想下这样的场景吧，在莺飞草长三月天中，风轻云淡，郑都东门外的河畔边上，绿柳如丝，百花吐蕊，潇洒英俊的男子和烟视媚行的女子集聚于此谈笑风生，自然能成为春日里最为动人心弦的景致了。

"出其东门，有女如云"、"出其闉阇，有女如荼"，放眼之间，美女如云，体态轻盈地徜徉在飞彩流丹之间缤纷摇曳，正值青春，年华似锦的众多女子，恰似菅茅之花当春怒放，笑靥灿然、生气蓬勃！面对着如许众多的美丽女子，你纵然是枯木、顽石，恐怕也不免要目注神移、怦然动心的罢？

就在迈出城门的一刹那间，诗中的男子定然也被这"如云"、"如荼"的美女所深深吸引住了。那毫不掩饰的赞叹之语，那突然涌动的不自禁之情溢于言表。兴许他此时也是蠢蠢欲动，恨不得一头扎进这美人堆中乐不思蜀了吧？

然而，就在这时，微妙难猜的奇特转折出现了，"虽则如云，匪我思存"、"虽则如荼，匪我思且"这个男人，就在人们都以为他就要做出对内心所爱的选择时，千钧一发之间竟吐露出令人意外的答案了！

"虽然美女多如云，没有我的意中人！"

"虽然美女如荼花,不是我的意中人!"

如此铮铮言语,掷地有声。分外淡定,格外坚决!绝对的情有独钟!

那么,他那个幸运的意中之人而今安在呀?

缟衣綦巾,聊乐我员。

缟衣茹藘,聊可与娱。

循着男子无限喜悦和自豪的声音望去,霎时之间却令你对他肃然起敬!

原来他所情有独钟的,竟是一位素衣绿巾的卑微女子!可是,这又有什么关系呢?只要一路之上两心相知,互不相离,管什么贵贱贫富、理他的门当户对!

这就是弥足珍贵的真挚爱情!男子以断然不可妥协的语气,否定了对"如云"、"如荼"美女的选择,再以喜悦和自豪的结句,独许那"缟衣茹藘"的心上人,任世间繁花似锦、姹紫嫣红,你永远是我眼中最美丽的那一朵花,无人能代替你在我心中的位置,你在我心里永远是最美丽的!字字铿锵,足见他对伊人的爱之深沉!

忽然之间所有盛妆华服的女子们统统在"缟衣綦巾"心上人的对照下黯然失色、毫无光泽了。这是男子至深至真的爱情所投射于字里行间的最动人的光彩,在它的照耀下,贫贱之恋获得了超越任何势利的价值和美感!

看到王爷吟诵此诗之时,眼中早已热泪盈眶,这个男子目光灼灼如火,明亮如赤炎,坚决而诚恳,不带半分迂回,没有一丝婉转。他只求自己锲而不舍的坚持,精诚所至总有金石为开的一天。

得男如此,今生再无所求!

终朝采蓝，不盈一襜

小雅·采绿
—诗经

终朝采绿[一]，不盈一匊[二]，予发曲局[三]，薄言归沐。

终朝采蓝[四]，不盈一襜[五]，五日为期，六日不詹[六]。

之子于狩，言韔[七]其弓，之子于钓，言纶之绳。

其钓维何，维鲂及鱮[八]，维鲂及鱮，薄言观[九]者。

【注释】

一、绿：植物名。又名王刍。花色深绿，古时用它的汁作黛色着画。

二、匊：两手合捧。

三、局：卷。

四、蓝：染草。

五、襜：系在衣服前面的围裙。

六、詹：至。

七、韔：弓袋。作动词用。

八、鱮：一种大头鲢。

九、观：通贯。引申为多，一说看。

【语译】

整个早上采王刍，王刍不满两只手。我的头发卷又曲，我要回家洗洗头。

整个早上去采蓝，兜起前裳盛不满。他说五天就见面，过了六天不回还。

往后那人去打猎，我要跟他收弓箭。往后那人去钓鱼，我要跟他理丝线。

钓鱼钓着什么鱼？白肚子鲢鱼缩颈子鳊，白肚子鲢鱼缩颈子鳊，他钓我看总不厌。

【从诗词看甄嬛】

甄嬛抱病，静养于清凉台中。果郡王派来两名妙龄女子配合浣碧一同照顾甄嬛。细细打量这两个女子，不过十七八岁，长得俏丽可爱、肤色白净、蜂腰身段别有几分标致。似乎不是一般的侍女，身着桃红间银白的吴棉衣裙，头上簪一对细巧的银梅花簪子并一朵茜色绢花。再观王爷与这两名女子说话的口气温和而客气，甄嬛与浣碧竟忍不住疑惑她们是否便是王爷藏于清凉台中的侍妾。

虽则甄嬛面上没有多做表示，但是心里其实还是对王爷日渐有情的，所以这一刻之间百般猜测与滋味弥漫，竟也难以再细做分辨。只知道其中一名女子名唤"采蓝"，是王爷取之于诗经《采绿》中的句子所得的。

《采绿》抒写丈夫外出逾期不归，妇人思念的感情。诗的一开头从妇人入山采蓝草写起，她采了整整一天而不盈一匊或一襜，借以写她心不在焉，因思念之深的忘形幽怨。皆因她的情意深深，所

以才会"五日为期"、"六日不詹",仅迟一日,已是如隔三秋。于是自然生发出下文想象丈夫归来后的情景,憧憬那种日夜陪伴、倡随的快乐。而两相对照,想象愈美,现实愈苦,这才更表现出思念的强烈,渴望的深远。这种以虚写实的手法,有时比如实地刻画更有神韵和诗意。

整整一个上午女子都在深山之中采撷绿草,只是不知道为什么却始终只采了不满一捧。你看她头发蓬乱蜷曲,却丝毫没有想要回去梳洗沐浴的意思。就这样好了,浓妆艳抹无人看,就这样任之颓然吧。

冤家啊冤家,你到底是怎么啦?那日远行不是说好五月里便回来么?怎么如今已是六月炎炎了,却仍不见你归来的身影?莫不是归途之上出了什么意外?莫不是你忘了约定好的归期?莫不是你又遇上了哪个美艳的女子,而把我忘了?莫不是……唉,一切都太乱了、太烦了,叫人如何安下心来采蓝草啊?

冤家啊冤家,看你回来我会怎么收拾你!居然舍得让我这样日日漫无目的地苦苦等待,等你回来,我一定不会轻易"放过"你的!

我呀,会紧紧跟在你的背后陪你一起去狩猎,你在前面挽弓搭箭,我就在身后帮你装好满满的弓箭。

我呀,会紧紧跟在你的背后陪你一起去垂钓,你在前面扶钓竿,我就在身后为你整理好纷乱的钓绳。

总之呀,你去哪儿我就跟着你去哪儿,跟得紧紧地再不分离!反正你想干嘛,我就跟着你干嘛,你快乐于是我快乐,谁叫我是这样爱你呢?

于以采苹？南涧之滨

国风·召南·采苹

——诗经

于以采苹^一？南涧之滨；于以采藻^二？于彼行潦^三。

于以盛之？维筐及筥^四；于以湘^五之？维锜^六及釜^七。

于以奠^八之？宗室^九牖^十下；谁其尸^{十一}之？有^{十二}齐^{十三}季^{十四}女。

【注释】

一、苹：多年生水草，可食。

二、藻：水生植物。一说水豆。

三、行潦：沟中积水。行，水沟；潦，路上的流水、积水。

四、筥：圆形的筐。方称筐，圆称筥。

五、湘：烹煮供祭祀用的牛羊等。

六、锜：有三足的锅。

七、釜：无足锅。

八、奠：放置。

九、宗室：宗庙、祠堂。

十、牖：窗户。

十一、尸：主持。古人祭祀用人充当神，称尸。

十二、有：语首助词，无义。

十三、齐：美好而恭敬，"斋"之省借。

十四、季：少、小。

【语译】

哪儿可以去采苹？就在南面涧水滨。哪儿可以去采藻？就在积水那浅沼。

什么可把东西放？有那圆篓和方筐。什么可把食物煮？有那锅儿与那釜。

安置祭品在哪里？祠堂那边窗户底。今儿谁是主祭人？少女恭敬又虔诚。

【从诗词看甄嬛】

"采苹"是果郡王清凉台中除了采蓝之外，另一位妙龄女子的名字。甄嬛一听，便知道这是果郡王取自于诗经《国风·召南·采苹》而来。

《采苹》是一首四言诗。讲述了妙龄女子在水边采摘浮萍、水藻，置办祭祀祖先的一系列活动，真实记载了当时女子出嫁前的一种风俗。

传闻在古代，贵族之女出嫁之前都必须到宗庙去拜祭祖先，同时学习婚后的有关礼节。这时，奴隶们就要为自己的主人采办祭品、整治祭具、设置祭坛，奔走终日、劳碌不堪。

俗话说得好："上供神吃，心到佛知。"千万不要小看这些普普通通的祭品和繁琐的礼仪，其中蕴积着人们无数的寄托和希冀，愿得一心郎，从此不分离，白头共偕老、儿孙同满堂。因为心中有了

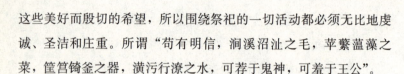

这些美好而殷切的希望，所以围绕祭祀的一切活动都必须无比地虔诚、圣洁和庄重。所谓"苟有明信，涧溪沼沚之毛，蘋蘩蕰藻之菜，筐筥锜釜之器，潢污行潦之水，可荐于鬼神，可羞于王公"。

其实这首诗歌让人眼前一亮的，倒不是诗中记载的所谓关于祭祀的种种，反而是诗中首句所描写的妙龄少女挥动着纤纤玉手在水中采蘋的美好场景。闭上眼睛，在脑海中构造如此的一幅水彩图画："清清河边，绿草苍苍。晨曦之间，朦朦的水雾还没有来得及消散，就见一个俏丽的女子，盈盈伫立在浅水之间。她的嘴角微微地扬起，一抹羞涩的微笑浮现在稚嫩的脸庞。芊芊柔荑不停地在水中拨动着，一语不发的她，正采摘着盛开在水中的娇艳花朵，好在日出时分带回府中置办小姐的婚事。兴许女子是被喜事所感染，兴许她此刻也在期待着有朝一日嫁得一位有情郎呢！"

无独有偶，意象之中的这个俏丽女子，竟然与《甄嬛传》中那个取名"采蘋"的俏丽丫鬟如此的相似。

因为此时的采蘋怎么都没有想到自己会有后来的这么一天，竟让她如彩雀飞跃一般飞上枝头，被已成果郡王府侧福晋的浣碧送给皇帝，成为皇帝身边的"瑛贵人"。

只是这样的"飞上枝头变凤凰"对于采蘋来说，并不是一个美好的开始，恰恰却是一次致命的错误。这一次"事故"的开始、过程和结局统统由不得她选择和把握，作为一个身份地位低下的薄命女子，她只能无可奈何地任由着别人一手无情地安排着她的命运。

从一个在果郡王府里头还随意梳着丫鬟发髻的小小丫头"采蘋"到跃身一变成为大气典雅的"瑛贵人"，她表现出来的，丝毫没有诸如"妙音娘子余莺儿"之类的不可一世、自以为是，而是处处显得谦卑大方、朴素自然、小心谨慎。也正因为如此，才会阴差阳错地打动了三阿哥，最终无辜地被人利用赔上了自己的青春

生命。

　　若知道故事的结局如此的残酷，宁愿她从来没有踏进皇宫半步，宁愿她不当皇上的什么"瑛贵人"！唯愿她永远只是清凉台中那个微小而朴实的侍女"采苹"。永远好像万花丛中那一朵最含羞的花骨朵儿。在盈盈的月色下悄悄地绽放着永不消减的容颜，在微风徐徐之下，变换着她没有消减的容颜。时间永远会精心地雕琢。

　　每当闭上双眼，依旧能够回想起那个瘦瘦的身影，那张淡然的笑脸，那位曾经名叫"采苹"的窈窕淑女。

落红不是无情物，化作春泥更护花

己亥杂诗（之五）

——（清）龚自珍

浩荡^一离愁白日斜^二，吟鞭^三东指^四即天涯^五。

落红^六不是无情物，化作春泥更护^七花^八。

【注释】

一、浩荡：广阔深远的样子，也就是浩荡之意。

二、白日斜：夕阳西下的黄昏时分。

三、吟鞭：诗人的马鞭。吟，指吟诗。

四、东指：东方故里。

五、天涯：指诗人故乡杭州，有版本称这指的是诗人不知今后该何去何从。

六、落红：落花。花朵以红色者居多，因此落花又称为落红。这里比喻自己离开官场。

七、护：保护。

八、花：比喻国家。

【语译】

满怀离愁而对夕阳西下，吟鞭东指从此浪迹天涯。凋落的花朵仍然有情有意，化作春泥培育出新的鲜花。

【从诗词看甄嬛】

你懂得珍惜的真谛吗？珍惜应当是及时的诠释，及时地做事；及时地表达爱意；及时地感恩；及时地享受生活、珍惜幸福，学会知足，远离后悔和贪婪，在某事物消逝之前认真地、仔细地、真诚地用心去保护、去爱护。一个人所珍惜的必定是他此生认为最美好的，即使这份美好，最终会随着时间的流逝而消磨殆尽，变成曾经的珍惜，但这一切也必然被他珍藏在心中，成为曾经的最美。

所有关于爱的记忆，欢喜哀愁终将成为过往，犹如花儿凋零的残红，落在暮春的泥土之中，默默无声地滋养着大地，期待着下一个春花烂漫的季节。所有为爱而落的泪滴，铭刻在那一段岁月里，从此让我们永远记取曾经的一份真情，也让我们从此学会珍惜、懂得珍惜。

暮春的某一日，已是落花纷纷，余香坠地的季节，甄嬛在舒贵太妃的安栖观中无意之间与果郡王相遇，屏息一算，才知自清凉台匆匆一别已经三月不曾相见了。世上某些机缘就是这样，当你刻意地因为一段感情而去回避一个人的时候，即使彼此之间近在咫尺也可以犹如天涯永隔般难以相见。

望着那满院落花委地、漫漫芳草，甄嬛甚为感触，淡淡笑道："落红不是无情物，化作春泥更护花。倒是比春花更可赏些。"不觉之间，果郡王的眼光之中有难以抑制的爱意萌生，但顷刻之间又被他刻意地掩饰无痕。

戏里戏外 看甄嬛 品古诗词的意境

"落红不是无情物，化作春泥更护花"一句出自于清朝诗人龚自珍的组诗《己亥杂诗》的其中一首。从字面上看，默默盛开的花朵并非无情之物，即使花朵随着春天的远离而凋零，落在泥土之中还能成为绿肥，再次蕴育着来年的繁花。正如我们常常用到的那句咏颂："落花并没有忘记树根的哺育，带着无限的眷恋深情地告别树根，宁化作春泥而护树根，以回报树的养育之恩。"

随着四季交替，昔日姹紫嫣红的繁花凋谢混入晚春的泥土之中，成为泥土之中最为滋养的养分，换得来年春天更为灿烂浪漫的花季，以此比喻为真爱，两个人在相爱的过程中必须要承受许多莫名的痛苦，唯有坚持、珍惜彼此，相信爱情之后，两人才能够厮守到老。

这样的感情便犹如果郡王对甄嬛的爱情一般。他明知她的身份，明知她与自己根本是两个世界的人，但是他能愿意选择为她而守候，即使她永远都无法成为自己真正的妻子。当甄嬛盛宠之时，他选择远远地凝望着她，在她最危急的时候不顾一切地挺身而出，护其周全。当甄嬛落难之时，他倾尽所能地呵护她、守候她，为她传递家书、慰其孤独，甚至不惜亲身卧雪，以自己的寒冷为她退烧……他至死之时的那句话语，感人心肺，一瞬之间令天地动容："你才是我心目中唯一的妻子！"

这何尝不是"珍惜"的真谛？即便是死，果郡王也会在天堂永远地将甄嬛守护！

凤凰￢于飞

凤求凰·琴歌

——(西汉) 司马相如

其一

有美人兮,见之不忘。

一日不见兮,思之如狂。

凤飞翱翔兮,四海求凰。

无奈佳人兮,不在东墙。

将琴代语兮,聊写衷肠。

何日见许兮,慰我彷徨。

愿言配德兮,携手相将。

不得於飞兮,使我沦亡。

其二

凤兮凤兮归故乡,遨游四海求其凰。

时未遇兮无所将,何悟今兮升斯堂!

有艳淑女在闺房,室迩人遐￢毒我肠。

何缘交颈￡为鸳鸯￢,胡颉颃兮共翱翔￡!

凰兮凰兮从我栖，得托孳尾^六永为妃。

交情通意心和谐，中夜相从知者谁？

双翼俱起翻高飞，无感我思使余悲。

【注释】

一、凤凰：凤凰（拉丁学名 Phoenix Red）是中国古代传说中的百鸟之王，与龙同为汉族民族图腾。凤凰与麒麟一样是雌雄统称，雄为凤，雌为凰，总称为凤凰，常用来象征祥瑞。亦称为丹鸟、火鸟、鹍鸡、威凤等。类似的传说亦见于其他东亚国家的历史中。而被视为吉祥之鸟的凤凰亦常见于世界各地的地名之中。

二、室迩人遐：房屋就在近处，可是房屋的主人却离得远了。多用于思念远别的人或悼念死者。同"室迩人远"。

三、交颈：比喻夫妻恩爱；男女亲昵。唐王氏妇《与李章武赠答诗》："鸳鸯绮，知结几千丝。别后寻交颈，应伤未别时。"明袁宏道《青骢马》诗："交颈复同心，白石青松在。"清程趾祥《此中人语·成衣匠》："一对野鸳鸯终朝交颈，丑不堪言。"

四、鸳鸯：鸟类名，雁形目鸭科鸳鸯属。似野鸭，体形较小。嘴扁，颈长，趾间有蹼，善游泳，翼长，能飞。雄的羽色绚丽，头后有铜赤、紫、绿等色羽冠；嘴红色，脚黄色。雌的体稍小，羽毛苍褐色，嘴灰黑色。栖息于内陆湖泊和溪流边。在我国内蒙古和东北北部繁殖，越冬时在长江以南直到华南一带。为我国著名特产珍禽之一。旧传雌雄偶居不离，古称"匹鸟"。古诗文中常用之来比喻"恩爱夫妻"。

五、翱翔：翱，展开翅膀在天空回旋地飞，如"雄鹰在天空飞翔"。翔，盘旋地飞而不扇动翅膀：滑翔。翱翔，意思多指鸟类自在地飞翔。其整体解释应是鸟回旋飞翔。上下振翅为翱，展翅不动

为翔，形容翱翔蓬蒿之间。老鹰在天空中，振翅而不动。过一段时间后，可以在天空中任意滑翔，即为翱翔。在上升气流中，像老鹰展翅那样平飞或升高，通常称为翱翔。常描写有志气的人。

六、孳尾：动物交配繁殖。后多指交尾。《书·尧典》："鸟兽孳尾。"孔传："乳化曰孳，交接曰尾。"《列子·黄帝》："雄雌在前，孳尾成群。"张湛注："孳尾，牡牝相生也。"宋王禹偁《记马》："有牝产子与他驹特异者。既壮，圉人将以合其母，当孳尾之月，出而示之，见其所生，卒无欣合之态。"章炳麟《新方言·释言》："鸡鹅鸭孳尾，绍兴谓之打势。"

【语译】

自从那一天，我看见那位俊秀的女子的容貌，就从此难以再将其忘怀。一日不见她，心中便会牵念得像是要发狂一般。我就好像那天空中回旋高飞的凤鸟，在天下各处寻觅着凰鸟。可惜那美人啊不在东墙邻近。我愿以琴声替代心中情语，姑且描写我内心的情意。希望我的德行可以与你相配，携手同在一起。何时能允诺婚事，慰藉我往返徘徊？不知如何是好的心情无法与你比翼偕飞，百年好合？这样的伤情结果，令我沦陷于情愁而欲丧亡，令我沦陷于情愁而欲丧亡。

凤鸟啊凤鸟，回到了家乡。行踪无定，游览天下只为寻求心中的凰鸟。未遇凰鸟时啊，不知所往。怎能悟解今日登门后心中所感？有位美丽而娴雅贞静的女子在她的居室，居处虽近，这美丽女子却离我很远。思念之情，正残虐着我的心肠。如何能够得此良缘，结为夫妇，做那恩爱的交颈鸳鸯？但愿我这凤鸟，能与你这凰鸟一同双飞，天际游翔。凰鸟啊凰鸟愿你与我起居相依，形影不离，哺育生子，永远做我的配偶，情投意合，两心和睦谐顺。半夜

里与我互相追随，又有谁会知晓？展开双翼远走高飞，徒然为你感念相思而使我悲伤。

【从诗词看甄嬛】

一个清脆的哨声响起，围着太液池周围的锦绣帷幕应声落地。甄嬛骤然惊觉就在这个连荷叶都难得一见的四月时节，眼前的碧水荡漾之间却浮起了满湖雪白皎洁的白莲，如一盏盏羊脂白玉，飘浮在池水之上。在朝阳灿烂的照耀下，莲花上的露珠儿耀眼夺目、光芒四射。风荷曲卷，绿叶田田，就在这万顷波光碎影之间举目，只见果郡王缓缓走来，以手为扣抵于唇间，缓缓吹奏出一曲《凤凰于飞》，以此来庆贺她的生辰。

《凤凰于飞》亦作《凤求凰》，传说是汉代才子司马相如所作的古琴曲，印证了司马相如与卓文君浪漫而唯美的爱情传说。"凤求凰"的比喻，不仅包含了热烈的求偶的场景，同时也象征着司马相如与卓文君两个人心中对于爱情不同凡响的憧憬和理想。

司马相如在第一首诗歌之中表达了自己对卓文君那无限倾慕和热烈追求。他在诗中将自己比喻为"凤"，又将卓文君比喻为"凰"，期间包含的隐喻亦是甚多的。

"凤"与"凰"合称凤凰，是古神话传说中的神鸟，雄性叫"凤"，雌性为"凰"。古有传说麒麟、凤凰、玄龟、神龙为天地之间的"四大灵兽"，在这四大灵兽之中，凤凰则为鸟中之王。《大戴礼·易本名》云："有羽之虫三百六十而凤凰为之长。"长卿自幼慕蔺相如之为人才改名"相如"，又在当时文坛上已负盛名；文君亦才貌超绝非等闲女流。故此处比为凤凰，正有浩气凌云、自命非凡之意。遨游四海更加强了一层寓意，既紧扣凤凰"出于东方君子之国，翱翔四海之外，过昆仑，饮砥柱，羽弱水，莫宿风穴"的神话

传说，又暗中隐喻了相如的宦游经历：此前他曾游京师，被景帝任为武骑常侍，因景帝不好辞赋，相如志不获展，因借病辞官客游天梁。梁孝王广纳文士，相如在其门下"与诸生游士居数岁"。后因梁王卒，这才反"归故乡"。足见其"良禽择木而栖。"

其二，古人常以"凤凰于飞"、"鸾凤和鸣"喻夫妻和谐美好。如《左传·庄公廿二年》："初，懿氏卜妻敬仲。其妻占之曰：吉，是谓凤凰于飞，和鸣锵锵。"此处则以凤求凰喻相如向文君求爱，而"遨游四海"，则意味着佳偶之难得。

其三，凤凰又与音乐相关。如《尚书·益稷》："箫韶九成，凤凰来仪。"又《列仙传》载：秦穆公女弄玉与其夫萧史吹箫，凤凰皆来止其屋，穆公为作凤台，后弄玉夫妇皆乘凤而去。故李贺尝以"昆山玉碎凤凰叫"（《李凭箜篌引》）比音乐之美。文君雅好音乐，相如以琴声"求其凰"，正喻以琴心求知音之意，使人想起俞伯牙与钟子期"高山流水"的音乐交流，从而发出芸芸人海，知音难觅之叹。

在这么隆重的一个日子里，果郡王假借这一池反季节而开的姣姣白荷花，奉上了这曲《凤凰于飞》作为对甄嬛生辰的一份贺礼。表面上祝福自己的兄长和嫂嫂百年永结同心，而暗地里那寄托在曲韵之中的那份对于伊人无法言说又依依向往的情愫却是如此的浓烈而真诚。他多希望自己是传说之中那位翩跹的"司马相如"，他多希望她是传说之中那位心思玲珑能听懂他一曲《凤求凰》的卓文君。他更希望他和她的爱情终究能有如《凤求凰》般的潇洒不受牵绊，他只愿与她能有朝一日携手天涯，抛开一切，再不顾红尘纷扰……

只可惜凤凰只是属于神话，人间尚从未见过"凤鸣九天"，所以他与她的爱情故事，终究只能零落于无可奈何与迫不得已之中……

执子之手，与子偕老

国风·邶风·击鼓

——诗经

击鼓其镗一，踊跃二用兵三。

土国城漕四，我独南行。

从孙子仲五，平六陈与宋。

不我以归七，忧心有忡八。

爰九居爰处？爰丧十其马？

于以十一求之？于林之下。

死生契阔十二，与子成说十三。

执子之手，与子偕老。

于嗟十四阔兮，不我活十五兮。

于嗟洵十六兮，不我信十七兮。

【注释】

一、镗：鼓声。其镗，即"镗镗"。

二、踊跃：双声连绵词，犹言鼓舞。

三、兵：武器，刀枪之类。

四、土国城漕：土，挖土。城，修城。国，指都城。漕，卫国的城市。

五、孙子仲：即公孙文仲，字子仲，邶国将领。

六、平：平定两国纠纷。谓救陈以调和陈宋关系。陈、宋，诸侯国名。

七、不我以归：是不以我归的倒装，有家不让回。

八、有忡：忡忡，忧虑不安的样子。

九、爰：哪里。

十、丧：丧失，此处言跑失。爰居爰处？爰丧其马？哪里可以住，我的马丢在哪里。

十一、于以：在哪里。

十二、契阔：聚散、离合的意思。契，合；阔，离。

十三、成说：订婚，结婚。

十四、于嗟：叹词。

十五、活：借为"佸"，相会。

十六、洵：久远。

十七、信：守信，守约。

【语译】

击起战鼓咚咚响，手持武器奔沙场。

宁肯修城在都漕，随军南征不曾想。

跟随统领孙子仲，联合盟国陈与宋。

不愿让我回卫国，致使我心忧忡忡。

何处可歇何处停？跑了战马何处寻？

一路追踪何处找？不料它已入森林。

一同生死不分离，我们早已立誓言。

别时握住你的手，白头到老此生休。

哀叹你我相离远，没有缘分相会和。

哀叹你我相离远，无法坚定守信约。

【从诗词看甄嬛】

山路崎岖，弯弯丛林，果郡王忽然停住前行的脚步，温柔地一根根展开甄嬛的手指，再将他自己的每一根手指轻轻地都放入其间，十指交握。甄嬛疑惑不已，却也只静静地看着他。这时他的话语坚韧而执着，微笑道："这种牵手的姿势叫做'同心扣'，据说这样牵着手走路的男女，即便生死也不会分开……我待你，不是作朝夕露水之情，而是希望执子之手，与子偕老。"

书中时光荏苒，一转眼间，书页已然翻至桐花台中果郡王生命的最后一夜，那一夜，他喝下鸠酒，冰冷的指尖再没有他素日温暖的温度，只是拼力绽出一片雾样的笑意："我心中，你永是我唯一的妻子……"

眼中，那滴隐忍已久的泪终于随着他生命的消逝而流落。从此之后，我发誓再不在友人新婚之喜时，如往常一样送上那句贺词："执子之手，与子偕老。"因为，这样一句句子之中包含的，不是喜悦、不是欢愉，而是浓浓的哀愁与悲伤。

"死生契阔，与子成说；执子之手，与子偕老"取自于诗经《国风·邶风·击鼓》。其间讲述的，不是浓浓的喜悦却是极深的哀叹。此诗共有五章，前面三章是一位在鲁隐公四年夏，卫联合陈、宋、蔡共同伐郑的军队中的男子在讲述自己跟随将领踏上征途的情景，寥寥几句，承接绵密，彀中含义已是如怨如慕，如泣如诉。再到后来两章，男子想起出征之前夫妻临别之时的信誓旦旦仍在耳边，却是人算不如天算，如今才知归期已是难望，空有信誓却无凭

实现，诗句之间上下紧扣，词情激烈，其中蕴含的泪意与浓烈的思念，令人动容。

其实像诗歌之中如此悲情的男子，在古时那些动乱不止的年代又何止一位呢？"一将功成万骨枯"，万里的江山、将军的旌旗，向来都是由多不胜数的无辜将士的身躯和鲜血铺垫、染红的。

回想那时的他，眼见着无辜的自己卷入君主之间的穷兵黩武，争权夺利那种愤慨和无奈的心情当是十分激烈的吧？兴许在某一个时刻，他一定是想过要逃脱的，是的，为什么要再留在这个地方，牺牲自己、牺牲自己一生的幸福来为冷酷自私的政治斗争所拼命呢？不如都各自散吧、逃吧，安然归家吧，家中有温柔的妻子、和蔼的父母、嗷嗷待哺的孩童、急待耕耘的良田……

可惜这是谈何容易的事情啊？死神已经盯紧了这整整一个军队，死神看上的人，他又怎么可能让你全身而退呢？他就这样无情地跟大家玩着游戏，游戏之中他是永远的赢家，游戏之中，无辜的将士们根本不知道自己要在什么时间将自己的生命毫无条件地奉献给死神！

隐约之中，男子感到自己与死亡越来越接近了，他不想这么早就结束掉自己宝贵的生命，可是他根本无能为力。恐惧与悲伤之中，他越来越想念自己家中的一切。他是多么渴望能够立刻置身那温暖而简陋的家中啊，即使仅仅只是和家人围坐在昏暗的烛火前面，品尝一碗清淡的野菜汤，那也是极好的！

求求苍天让他实现这个愿望吧，即便是要用他的生命去交换，他也是愿意的……

只是这一切已经是这样的难了。就在死神的脚步越来越靠近男子的那一刻，那类似于血色的殷红的光线渐渐漫上了男子的眼睛，恍惚之中，他想起新婚之夜与妻合饮的那杯"合卺酒"；他想起自

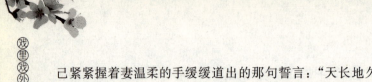

己紧紧握着妻温柔的手缓缓道出的那句誓言："天长地久，我都要这样握着你的手，经春历夏直到垂垂老矣，生死不离！"他想起那时的她格外的温柔，一片红云将她缓缓地包围，顷刻之后，只是听到她轻轻地回应："琴瑟在御，岁月静好！"

忽然之间，古战场中思念妻子的男子与此刻桐花台中身中剧毒的果郡王身形重叠，原来他们彼此竟是如出一辙的命运与结局。

所有所有的记忆他们都记得如此的清晰，所有所有的誓言他们都深深地铭刻在心，所有所有的爱意他们都分外地浓烈，但是一切已经太迟了。死神已经向他们伸出无情的双手，他们的眼眸渐渐灰暗，再没有往日迷人的光泽。世间的纷扰与思念再也与他们不相干了。

默默尘寰，只有一夜怒放的桐花在为他们伤心吊唁，桐花万里路，连朝语不息……

行到水穷处，坐看云起时

终南别业

——（唐）王维

中岁^{一}颇好道^二，晚家^{三}南山^{四}陲^五。
兴来每独往，胜事^{六}空自知。
行到水穷处，坐看云起时。
偶然值^{七}林叟^八，谈笑无还期^九。

【注释】

一、中岁：中年。

二、道：这里指佛教。

三、家：安家。

四、南山：即终南山。

五、陲：边缘，旁边，边境；南山陲，指辋川别墅所在地，意思是终南山脚下。

六、胜事：美好的事。

七、值：遇到。

八、叟：老翁。

九、无还期：没有回还的准确时间。

【语译】

中年以后存有较浓的好道之心，直到晚年才安家于终南山边陲。

兴趣浓时常常独来独往去游玩，有快乐的事自我欣赏自我陶醉。

或走到水的尽头去寻求源流，或坐看上升的云雾千变万化。

偶然在林间遇见个把乡村父老，我与他谈笑聊天每每忘了回家。

【从诗词看甄嬛】

脱掉华丽的宫衣，褪去繁复而刻意的梳妆打扮，素颜朝天，却发现这样也是极好的。省却了从前花在梳妆打扮上的时辰，没有金钿簪钗在头上的重量，省却一份争宠夺爱的烦心纠结，想来此刻的清贫倒是显得自由自在。

每每想起甄嬛在甘露寺凌云峰的那一段日子，总觉得那是她一生之中最为舒心、平静、幸福的日子。即便没有果郡王的出现，看尽了宫廷之中的尔虞我诈，此时此刻奉了旨意的落饰出家对于甄嬛来说倒也是一段休养生息的好时光。

浣碧说得极好，在宫里要守着宫里的规矩，在甘露寺要守着佛门的规矩，如今她们主仆三人让人打发到了凌云峰，一霎时却什么规矩也不用守，什么也不用想了。这样轻松自如的生活，就恰如甄嬛所说的："行到水穷处，坐看云起时。"

殊不知她的想法，竟与这两句诗句的主人想法一致了。

这首五言律诗名叫《终南别业》，是唐代山水田园诗人王维的

作品。王维在诗中的字里行间把自己隐退山林之后那份自得其乐的闲适情趣表现得有声有色、惟妙惟肖。那份随着心意而信步漫游，走到水的尽头无路可去了，就干脆安安心心地坐下来，看山色如翠、看白云变幻的安逸清闲，着实是极让人羡慕的。再接着，他还遇到了山中的一位隐者，和蔼安详的老人于是便在这青山绿水之间与他一起谈古论今、滔滔不绝，乃至于最终连回家的时间也给忘却了。这样自由、如此惬意，怎么不叫人心生羡慕？

在唐朝众多的诗人墨客之中，王维的一生可说是较为安逸的。他的早年满怀积极的政治抱负，希望能在皇城之中凭着自己的才学智慧闯出一片天地、干出一番大事业来，却时逢当时的朝廷政局变化无常而逐渐消沉下来，吃斋念佛。四十多岁的时候，他特地在长安东南的蓝田县辋川营造了别墅在终南山上，过着半官半隐的生活。写出了众多清新淡远、自然脱俗的山水诗赋来创造出一种"诗中有画，画中有诗""诗中有禅"的意境，诗如画卷，美不胜收。

苏轼曾在《东坡志林》中评价王维说："味摩诘之诗，诗中有画，观摩诘之画，画中有诗。"王维多才多艺，他把绘画的精髓带进诗歌的天地，以灵性的语言，生花的妙笔为描绘出一幅幅或浪漫、或空灵、或淡远的传神之作。

在现代的众多新生词汇之中有一个悄然流行起来的词叫做——"小资"。它甚是简洁而且略带调侃，却又在此间折射出无边心绪来。据说到目前为止没有人知道小资从哪里来，又将到哪里去。反正它是一种存在，也许短暂，但却真实。比如你我用一种积极的心态去关注这个日夕万变的社会；比如你我坚持用一种价值观去衡量自己存在于社会价值；再比如大家都在倡导一种真诚而恳切的方式——关爱生命……总之启迪心智，分享智慧——这就是小资理念。后来人们把"小资的文化"归结为："有一种学习，叫做共识；

戏里戏外 看甄嬛 品古诗词的意境

有一种成长，叫做共鸣；有一种执行，叫做共振；有一种目标，叫做共赢。共识、共鸣、共振、共赢。"

说到了底，在现代社会之中，一个真正的"小资"必须是具有一定的工作能力、经济收入、生活品位、思想水准和艺术鉴赏能力的文艺青年。如果按这个标准来衡量王维的话，那么他真可谓是唐朝时代的"小资"分子了。

为了生计日日奔波匆忙的现代人中，当真是没有几个人能体会王维在诗中所表达出来的闲情逸致、赏景怡情、自得其乐，好似随处都能有所感悟有所收获，但又不求为人所知，只求自己心会其趣便已足够的洒脱。正因为如此，他才能随遇而安地"行到水穷处，坐看云起时"。

再仔细地斟酌品味下去，兴许你会发现人生境界也应该是如此的。在你一整个生命的过程中，不论遭遇爱情、事业、学问等诸多事情，当你勇往直前、义无返顾之后，往往你会发现横在你面前的竟然是一条没法再走下去的绝路，置身于山穷水尽之间原本憧憬无比的你是不是也会有悲哀失落、颓废忧郁的情绪出现呢？但假若你选择在这个时候细细观望自己的身边甚至是回过头来好好地遥望一下自己的来时路，或者你会发现还有其他因为你横冲直撞而错过的羊肠小道没有被发现，而这些羊肠小道，往往可以把你带到更为开阔、更为遥远的地方。即使根本无路可走，我们也不需颓废悲叹。无路可走之时且让你我抬头望望天空吧。天高云淡、云卷云舒、白云苍狗、天遥地远，你的心灵丝毫都没有受到任何的束缚。因为它可以翱翔太空、畅游天地，自由自在地去接近大自然、欣赏大自然、品味大自然、体会大自然，可以从中找到自己更为宽广深远的人生境界。

原来，我们并未穷途末路。

常棣之华

小雅·常棣
——诗经

常棣^一之华，鄂^二不^三韡韡^四。凡今之人，莫如兄弟。

死丧之威^五，兄弟孔怀^六。原隰^七裒^八矣，兄弟求矣。

脊令^九在原，兄弟急难。每^十有良朋，况也永^{十一}叹。

兄弟阋^{十二}于墙，外御^{十三}其务^{十四}。每有良朋，烝^{十五}也无戎^{十六}。

丧乱既平，既安且宁。虽有兄弟，不如友生^{十七}？

傧^{十八}尔笾^{十九}豆，饮酒之^{二十}饫^{二十一}。兄弟既具^{二十二}，和乐且孺^{二十三}。

妻子好合^{二十四}，如鼓瑟琴。兄弟既翕^{二十五}，和乐且湛^{二十六}。

宜^{二十七}尔室家，乐尔妻帑^{二十八}。是究^{二十九}是图^{三十}，亶^{三十一}其然^{三十二}乎？

【注释】

一、常棣：亦作棠棣、唐棣，即郁李，蔷薇科落叶灌木，花粉红色或白色，果实比李小，可食。

二、鄂："萼"的借字，花萼。

三、不："丕"的借字。

四、韡韡：鲜明茂盛的样子。

五、威：畏惧，可怕。

六、孔怀：最为思念、关怀。孔，很，最。

七、原隰：原野。

八、裒：聚。

九、脊令：通作"鹡鸰"，一种水鸟。

十、每：虽。

十一、永：长。

十二、阋：争吵。

十三、御：抵抗。

十四、务：通"侮"。

十五、烝：长久。

十六、戎：帮助。

十七、友生：友人。生，语气词，无实义。

十八、傧：陈列。

十九、笾、豆：祭祀或燕享时用来盛食物的器具。笾用竹制，豆用木制。

二十、之：犹是。

二十一、饫：满足。

二十二、具：俱全，完备，聚集。

二十三、孺：相亲。

二十四、好合：相亲相爱。

二十五、翕：聚合。

二十六、湛：深厚。

二十七、宜：和顺。

二十八、帑：通"孥"，儿女。

二十九、究：深思。

三十、图：考虑。

三十一、亶：信、确实。

三十二、然：如此。

【语译】

常棣花开朵朵，花儿光灿鲜明。凡今天下之人，莫如兄弟更亲。

遭遇死亡威胁，兄弟最为关心。丧命埋葬荒野，兄弟也会相寻。

鹡鸰困在原野，兄弟赶来救难。虽有良朋好友，安慰徒有长叹。

兄弟墙内相争，同心抗御外侮。每有良朋好友，遇难谁来帮助。

丧乱灾祸平息，生活安定宁静。此时同胞兄弟，不如朋友相亲。

摆上佳肴满桌，宴饮意足心欢。兄弟今日团聚，祥和欢乐温暖。

妻子情投意合，恰如琴瑟协奏。兄弟今日相会，祥和欢乐敦厚。

全家安然相处，妻儿快乐欢喜。请你深思熟虑，此话是否在理。

【从诗词看甄嬛】

《小雅·常棣》据说是旧时周代古人在宴请兄弟好友时，用来

歌唱兄弟亲情的四言诗歌。诗歌之中包含着"凡今之人，莫如兄弟"的主旨既是对兄弟亲情的赞颂，也表现了古时华夏新民传统的人伦观念。

常棣，是一种树木，人们也叫它郁李，每逢春夏之际，常棣就会开出或红、或白、或紫的细小花朵，常常两三朵为一缀，茎长而下垂，花瓣凋落之时满树纷纷扬扬，似雪轻盈、似雾弥漫，清香阵阵，令人陶然。因为它这彼此相依而生的花朵，令人由此而发生联想，将常棣树比喻为家中相依相聚的兄弟。

众所周知，上古先民的部落家庭，均以血缘关系为基础的，在他们眼中"兄弟者，分形连气之人也"，所以，比起好友、妻子和孩子，先民们更为看重的是兄弟亲情。兄弟才是地地道道、正正宗宗的所谓"天伦"，丈夫和妻子充其次只能算作"人伦"，而那些亲朋好友、邻里乡亲就更不用说了。古人常言"手足之情"也是这样的寓意，将哥哥与弟弟比喻为手和脚，亲如手足、手足之情，就是兄弟之情，因为都是人肢体上的一部分，关系重要，常常是缺一不可的。古人将兄弟相残称为手足相残，陈思王曹子建那首千古留名的《七步诗》："煮豆燃豆萁，豆在釜中泣。本是同根生，相煎何太急。"说的就是兄弟相残的残酷故事，可遗憾的是，翻开古时的历史故事，你会发现关于兄弟相残的闹剧历朝历代几乎均有发生，唐朝的"玄武门之变"、清代的"八王夺嫡"等，史上这些都有异曲同工的记载。

《甄嬛传》中，皇帝和果郡王同为亲兄弟，手足情深这样一个说法，其实在他们之间根本就是一种讽刺，可怜的果郡王甚至最终就死在那遍植常棣树的桐花台中，这恰恰就是他的兄长的旨意。

"遭死丧则兄弟相收；遇急难则兄弟相救；御外侮则兄弟相助"。这是历史传说中对《小雅·常棣》诗意的概括。兄弟和，则

室家安，兄弟和，则妻孥乐。唯有"兄弟既翕"，方能"宜尔室家，乐尔妻帑"；兄弟和睦是家族和睦、家庭幸福的基础。只可惜这样的一则道理，在皇帝和果郡王之间统统失效。

莫愁娘子

天阶夜色凉如水，坐看牵牛织女星

秋 夕[一]

——（唐）杜牧

银烛[二]秋光冷画屏，轻罗小扇[三]扑流萤。

天阶[四]夜色凉如水，坐看[五]牵牛织女星。

【注释】

一、秋夕：秋天的夜晚。

二、银烛：银色而精美的蜡烛。

三、轻罗小扇：轻巧的丝质团扇。

四、天阶：天庭上宫殿的台阶。"天阶"另一版本为"天街"。

五、坐看：坐着朝天看，"坐看"另一版本为"卧看"。

【语译】

寂寂的秋夜，月色如瀑，倾泻在静静的庭院之中。静夜如水。案台之上，一支孤独而精美的银色蜡烛正发出如豆般昏暗的光芒，照映在画屏之上，只影寥落、冷冷清清。天台的阶梯上，坐着一位纤弱的宫女，她手中拿着绫罗小扇，正轻轻地扑打着在她身边缭绕

飞舞的萤火虫。秋天的夜晚格外清冷，人们早已沉睡在绫罗织锦的温暖梦中，唯有她不顾寒冷地坐在榻上仰望星空中那颗与她一样孤独的牵牛星，正默默无声地眺望着织女星。

【从诗词看甄嬛】

孤独，向来是人心的魔障。孤独可以让一个人日渐沉沦、心情沮丧；孤独可以让一个人落落寡欢、看不见前方的路程。孤独是的可怕的，它可以间接摧毁一个人的意志，让他变得斗志全无、失魂落魄。但是，假若换一个角度来看，恰到好处地利用自己的孤独，反过来也可以成就自己的海阔天空。

在杜牧《秋夕》诗中的宫女是孤独的。没有良人的眷顾、没有诚挚的牵挂，她只能不顾秋夜的寒冷，独坐庭院，遥望天空之中与自己一样孤独的牵牛、织女星。

在《甄嬛传》中，一生大起大落的甄嬛，说到底也是孤独的，荣华富贵能如何？终其一生，再怎么繁华变化，她始终只是那个凌云峰中内心孤单冷清的"莫愁娘子"。

但凡人说到"皇宫"总会联想起那金碧辉煌、热闹非凡的场景来，殊不知这仅仅只是假象而已。金碧辉煌的深宫大内，草冢丛生、腐草化萤的景致也是多不胜数的。

那些专门禁锢失宠妃嫔的冷宫别院、那些宫女居住的庭院陋室，因为常年无人踏至，所以杂草丛生、流萤飞舞那是极为正常的事情，就莫说那些可怜女子在此间白白流落的泪水了。

深秋晚上，深宫之中人迹罕至的角落里，一个曼妙女子手执团扇正扑打着在她身边飞舞缭绕的萤火虫，这是何等美妙的一个场景啊，却唯独透过这个场景，让人领略到的，却是那种无法言喻的孤独、凄凉与寂寥。

总爱猜测诗中的这位女子是不是某位落了魄、失了宠的妃嫔的侍婢呢？旧时女子手执的团扇本是夏天里头用来挥风散热的，到了清冷的秋天就派不上用场了，因此很多古诗里头都常用团扇来比喻"弃妇"。传说汉成帝妃子班婕妤被飞燕、合德两姐妹夺了宠，失去了圣宠，幽居长信宫，于是班婕妤写了一首《怨歌行》："新裂齐纨素，皎洁如霜雪。裁为合欢扇，团团似明月。出入君怀袖，动摇微风发。常恐秋节至，凉飙夺炎热。弃捐箧笥中，恩情中道绝。"来表达自己心中的哀怨，从此古诗词之中出现团扇、秋扇，便常常和失宠的妃嫔、女子联系在一起了。"奉帚平明金殿开，且将团扇共徘徊"，"团扇，团扇，美人病来遮面"等表达的都是这样的意思。

杜牧这首诗中的这个宫女的主子落魄，她也跟着遭了殃，所以外面的姹紫嫣红都统统与她无关了，寂寞无聊，她无事可做只好以扑萤来消遣自己孤独的岁月。她的团扇一下一下扑动着，表面上驱赶的是流萤，却更像是她内心潜在意识的表现——她渴望自己的团扇能帮助她赶走内心的孤冷与寂寞，只可惜我们终究清楚她这样的做法根本无济于事。

于是，她唯有在夜深人静之时，不顾彻骨的寒意，坐在石阶上，望着明明灭灭的牵牛、织女星，回味着小时候听说过的传说。

"织女是天帝的孙女，偷下凡尘嫁给了老实敦厚的牵牛哥。两个人的爱情为天地所不容，织女最终无奈化成了星星，牵牛哥念念不忘自己的妻子，也随之变作星星，每年七夕脚踏鹊桥、渡过银河与她相会一夕。"

其实织女与牵牛哥的爱情悲剧又何尝不是后宫三千佳丽的爱情悲剧呢？那些夜夜红妆艳抹、秉烛独坐的女子们，不外乎为了等待皇帝偶尔的一丝牵念罢了。若有幸能被其想起，便能换得一宿缠

绵，若是皇帝根本没有将其放在心中，年年岁岁白了满头青丝都难以见上圣容一面。这不幸的遭遇，实在令人为之伤怀。

甄嬛又何尝不是这样呢？

狂风落尽深红色，绿叶成阴子满枝

叹花（别名：怅诗）

——（唐）杜牧

自是一寻春去校二迟，不须惆怅怨芳时。

狂风三落尽深红色四，绿叶成阴子满枝五。

【注释】

一、自是：都怪自己。

二、校：即"较"，比较。

三、狂风：指代无情的岁月，人事的变迁。

四、深红色：借指鲜花。

五、子满枝：双关语。既是说花落结子，也暗指当年的妙龄少
女如今已结婚生子。

【语译】

自己寻访春色去的太晚，以至于春尽花谢，不必埋怨花开得太
早。自然界的风雨变迁使得鲜花凋谢，春天已然过去，绿叶繁茂，
果实累累，已经快到收获的季节了。

【从诗词看甄嬛】

那年春天的湖州，绿柳如丝，袅娜缭绕。他就在河边的青草地上，见到小小的她。只是十岁芳龄，却已出落得眉目清秀惹人爱怜。彼时的她头上扎着双发髻，额间那点若有若无的朱砂痣让他过目难忘。她对他羞涩一笑，让他顿时抛却了心头所有的烦忧。却奈何很快地她便娇羞地隐入母亲的身后。那一刻，他早已下定了决心，今世定要娶她为妻。于是彬彬上前拜见女子的母亲恳请她应允十年以后将女儿嫁于他为妻，并许诺穷自己的一生来好好爱恋自己的妻子。

一晃之间，十年过去了，他忙于自己的仕途，日夜秉烛苦读，醉心于社稷文章，并非他忘了当年之约，只是觉得此刻的自己还未能真真正正让她过上安逸悠闲的好日子，为了让她幸福，他忘我地拼搏，愿以一个美好的前程来迎娶心中眷念深深的她。

这样的拼搏，一瞬又过了四年。终于在这一年他榜首高中，成为湖州刺史，头戴官帽、腰环玉带、高头大马、鸣锣开道地来到旧日相约的湖边。他要让她知道，他便是那个十四年前与她订下婚约的良人，如今他来了，他要将她娶做贤妻，他要让她做人人羡慕的刺史夫人，他要整个湖州的人们都为他们祝福！一路之上，他不住地勾勒着她的容颜，十四年未见，她定然是朵娇艳的花儿，盈盈绽放，等待着他的归期。

可是，湖边杨柳依依、湖水默默、绿草如茵，却独不见伊人的倩影，唯有少女的母亲垂垂老矣，拄杖观望。良久，才认得眼前这位当年向自己许下诺言的男子。

"唉，可叹是命中注定吧，我那闺女注定今生与大人无缘……"
老妇人无奈地叹了口气，不觉连连摇头。

戏里戏外 **看甄嬛** 品古诗词的意境

原来，女子与母亲一起在这湖边苦苦等待了十年，十年约满却不见良人迎娶的花轿。女子秋水望穿，仍不愿放弃当年的约定，又守候了一年。终于熬不过世俗的目光与岁月的摧残，三年之前嫁了别人，如今已是两个孩子的母亲了！

故事就此终了，徒留的是满湖无语的波光和默默飘摇的垂柳，佳期已经这样错过，再也容不得男子半点留恋。

这个错过誓言，误了佳期的惆怅男子，便是后来写出《叹花》的诗人杜牧。

"狂风落尽深红色，绿叶成阴子满枝"，人生在世时间荏苒，机遇、际遇常常随着分分秒秒稍纵即逝，并不意味着它们本身的不可把握或者不存在。而是人们如何学会准确地"紧握、珍惜"好眼前的一切。

这与安陵容总爱唱的那首杜秋娘所作的《金缕衣》诗句一样有异曲同工之处。

"劝君莫惜金缕衣，劝君惜取少年时。花开堪折直须折，莫待无花空折枝"。

凡尘俗人不要总是爱惜荣华富贵，而应该乘着青春年少多多爱惜少年好时光。就好比枝头上那盛开怒放的鲜花一般，你要及时地将它采撷呀，切莫要待到花红渐落才恍惚记起，那时你得到的就将仅仅只是枯落的花枝而已了。

诗意是极为单纯的，我们几乎可以用"莫负青春好时光"一句便将它的所有含义都阐述了。可是置身于故事之中，又有几个人能够真真正正地做到"莫负青春好时光"呢？细细数来，几乎没有。

皇帝不能，他将自己全副心机都投入到了巩固皇权和缅怀纯元之上了，所有在他身边围绕的女子，有情的、无爱的统统都只是他眼中过眼的云烟而已。

皇后不能，她的心已经随着自己孩儿夭折的那个雨夜彻底地碎落了，她心中有爱，却无法得到共鸣，所以她耗尽自己一生的时光用来报复自己的丈夫给自己带来的伤害。

甄嬛不能，她原以为皇帝是自己终了一生值得依靠的男子，谁知道阴差阳错间才知道值得自己真正用心去爱的那个顶天立地的男子一直在灯火阑珊处默默地关注着她，那份情愫哪怕直至终了一生都只能深埋不可宣扬。

果郡王不能，他一生所爱只有自己的皇嫂，明知天地不容他仍然选择执拗地坚持下去，因此，身边的风花雪月都跟他无关了，直至死去。

除了这些人之外，其他的人物也是无法做到不辜负时光的，如眉庄、温实初、浣碧……甚至是"机关算尽太聪明，反误了卿卿性命"的安陵容也是这样的。

当真可惜了这个女子，总见她开口闭口地唱着"劝君莫惜金缕衣，劝君惜取少年时"便以为她是个懂得珍惜、深谙惜取的女人。这样的女人心总该是安静的吧？唯有心怀安静的人，她才能真正体会花开花落的极致韵味，她才能真正品味时光带来的美好瞬息……岂料恰恰是这样的一个女子，用尽心机地搅动暗涌，乃至本来就混乱不息的后宫浪潮汹涌，害得好些无辜之人葬送在她的争宠阴谋之中，甚至最终搭上了她自己的青春性命。

每一个女人，都是世间一朵纷繁别致的鲜花，有的如菊安逸淡雅、有的如梅坚贞不屈、有的如牡丹国色天香、有的如海棠艳丽妖娆……

但任何的一朵鲜花，都需要有人及时地去爱护、欣赏才不至于等到春尽红颜老、秋临花已残一片狼藉之时，才去伤怀悲叹。

唯有牡丹真国色

赏牡丹

——（唐）刘禹锡

庭前芍药妖¯无格²，池上芙蕖³净少情。

唯有牡丹真国色⁴，花开时节动京城⁵。

【注释】

一、妖：艳丽、妩媚。

二、格：骨格。牡丹别名"木芍药"，芍药为草本，又称"没骨牡丹"，故作者称其"无格"。在这里，无格指格调不高。

三、芙蕖：即莲花。

四、国色：原意为一国中姿容最美的女子，此指牡丹花色卓绝，艳丽高贵。

五、京城：指代当时唐朝时期的京城洛阳。

【语译】

庭前的芍药妖娆艳丽却缺乏骨格，池中的荷花清雅洁净却缺少情韵。只有牡丹才是真正的天姿国色，到了开花的季节引得无数的

人来欣赏，惊动了整个洛阳城。

【从诗词看甄嬛】

故事的一开始，她便是正宫皇后，皇帝的爱妻已故纯元皇后的庶出妹妹，当朝太后的亲侄女。她就如一朵高贵华丽的红牡丹般，盈盈伫立于皇宫之中，统领后宫一人之下万人之上；她性情稳重，端庄，懂医术、书法，可双手同书，"珠冠凤裳，甚是宝相庄严。长得也是端庄秀丽，眉目和善"……但这样的一个女子，并不能得到皇帝的垂爱，就连太后也似乎不太喜欢她。

自打襁褓之时，她的母亲便是府中的侧室，并不太受他父亲的宠爱。所以她从懵懂孩童开始，便一直活在自己同父异母、凭母而贵的姐姐的影子之下。所有的光环都是姐姐的，所有的忽略都是自己的，所有的好处都属姐姐的，而自己便只是自己罢了。她的一切好坏都似乎与他人无关，或许也算上天对她的一种补偿吧，长期活在姐姐影子后面的她随着年岁渐长，却也出落得端庄稳重、落落大方，丝毫没有一些女儿家的张扬娇气。

正因为这样的优点，太后看中了她，将她选到自己儿子的身边，只可惜那时的皇帝年纪尚幼，而她又是庶出的身份，所以不能即刻封为皇后，只能先为娴妃，等生育皇子再封为皇后。

她倒也争气，入宫还没有一年便怀孕了，本来以为从此可以母凭子贵、平步青云，再不用看着别人的眼色为人处世，活在别人的喜怒之下。相信那时的她是满心喜悦的，想想自己那些将骄傲掩埋熬制而成的无言岁月，悲伤泪水……如今一切都好了，只待着孩子嗷嗷坠地，她便能成为一国之母，万人敬仰。

可她怎么都没有想到，就在她怀胎数月、大腹便便、行动不便的时候，家里边那位常年受宠多才多艺纯洁如白百合一样的姐姐出

戏里戏外 **看甄嬛** 品古诗词的意境

现了，她道是自己是奉了命要来照顾怀孕的妹妹的。

当自己的姐姐身着华丽的衣裳、像个坠落凡间的仙女一样出现在皇帝的面前；当自己的姐姐以一曲绮丽的《惊鸿舞》倾倒众生的时候；当自己的姐姐用深情款款的双眸注视着皇帝的时候，她才发现原来穷尽一生，自己都永远无法摆脱掉姐姐魔魇般的身影！

几日后，她的丈夫——当朝天子决定放弃先前和她的誓约，娶她的姐姐、与他一见钟情的柔则为皇后。他只让她依旧当她的娴贵妃好了。

命运如此的作弄，可怜的她又能做何反抗呢？她只能挺着便便大腹眼睁睁地看着自己的夫君和自己的亲姐姐共谐连理、琴瑟和鸣。这样的折磨还不够残忍，最终她还要眼睁睁地看着自己亲爱的孩子死在那个漫天风雨的漆黑雨夜里，她叫天天不应、叫地地无门，因为整个太医院的御医在那样一个雨夜里都忙着诊治她那位矜贵无比的怀了龙脉的姐姐。当然现实的残酷远不止这些，老天爷还要她从此终生无法生育！

试想宜修皇后那身大红的凤凰霓裳是用了多少血泪染红的啊！更可悲的是，她深爱皇帝，但从头到尾，太后和皇帝心中，始终惦记着的，是永远无可比拟、无法被替代的、她的亲姐姐——宛宛，纯元皇后！

从此后宫之中的这朵红牡丹开始慢慢地染上了鲜血，渐渐地因为手中的鲜血太多而变成黑色。既然再得不到皇帝的眷恋，那么殷红艳丽又能如何呢？

既然她没有纯元的清丽，没有甄嬛的妩媚，没有安陵容的楚楚可怜，没有华妃的妖娆张扬……那么就让自己从此沉溺在永无休止的钩心斗角和毫不见血的杀戮之中吧，她在愤恨中磨炼隐忍，她在屈辱中修炼庄严，她在狠绝毒辣的阴谋中收获安慰！从此这朵殷红

黝黑的牡丹一错再错，最终沉沦地狱难得救赎。

　　宜修皇后最终因为旧日害死姐姐——纯元皇后的事情败露，东窗事发一落千丈，虽然在太后的力保之下没被废后，但却被永生禁足于凤仪宫，封后、封贵妃的宝册、金印被收走，还以最末等更衣的待遇相对，不单如此，皇帝狠下心肠向世人宣布自己与她恩断义绝，她在有生之年再不得踏出凤仪宫半步，他与她从此二人死生不复相见。

　　直至皇帝驾崩，甄嬛被封为太后之后，黑牡丹——宜修皇后在凤仪宫心悸而死，终不得与皇帝合葬，至死不能瞑目……

山有木兮木有枝，心悦君兮君不知

越人歌

——春秋民歌

今夕何夕兮，搴^一舟中流。

今日何日兮，得与王子同舟。

蒙羞被好兮，不訾^二诟耻^三。

心几烦而不绝兮，得知王子。

山有木兮木有枝，心悦君兮君不知。

【注释】

一、搴：同本义搴，取也。

二、不訾：不加诋毁。汉·扬雄《太玄·唐》"奔鹿怀鼷，得不訾！"范望注"鹿以喻贤，鼷以喻不肖……贤奔亡，不肖者来，故言不訾。不得不訾毁於贤者也"。

三、诟耻：亦作"诟耻"。耻辱。《左传·哀公二年》"今郑为不道，弃君助臣，二三子顺天明，从君命，经德义，除诟耻，在此行也"。唐·柳宗元《上湖南李中丞干禀食启》"董生曰'明明求财利，唯恐困乏者，庶人之事也'。是皆诟耻之大者，而无所避之，

何也?"清·唐才常《上欧阳中鹄书》之四:"谭大中丞因去岁中日衅起,大蒙诟耻,遂思广储武备,奏请武昌添设枪炮局。"

【语译】

今天是什么样的日子啊,我驾着小舟在长江上漂。今天是什么样的日子啊,我竟然能与王子在同船泛舟。承蒙王子看得起啊!不因为我是舟子的身份而嫌弃我,甚至责骂我。我的心里如此地紧张而停止不住,因为我知道他居然是王子!山上有树木,而树上有树枝,可是我的心底这么喜欢王子啊,王子却不知。

【从诗词看甄嬛】

相传虞舜南巡仓梧而死,其妃娥皇、女英遍寻湘江,终未寻见。二妃终日恸哭,泪尽滴血,血尽而死,逐为其神。后来,人们发现她们的精灵与虞舜的精灵合而为一,变成了合欢树。合欢树叶,昼开夜合,相亲相爱。从此,人们常以合欢表示忠贞不渝的爱情。

一朵娇弱粉红的合欢花,又让我想起那个手执玉箫的男子,锦衣飘飘、眉目清朗。梦中他正置身于最爱的那片合欢树下,月色慢慢将他融汇直至最终化作天边那抹最为明亮的银辉。可惜故事之中的这个男子却从此长眠在桐花台中再也无法醒来。

于是,故事之中又出现了一位一袭淡青衣裳的女子,日日流连在合欢林中,用丝绢小心翼翼地收集那些从枝头上零落的合欢花瓣。她的心中别无他求,只为心中爱慕的男子最喜欢合欢花,他在凌辉堂中遍植合欢花就因为觉得合欢花是温柔长久的意思,合心即欢。而他这一辈子,也一定要为自己找到一个合心即欢的爱人。

这个喜欢合欢花的男人是果郡王。

这个与果郡王一样喜欢合欢花的女子是叶澜依。唯一不同的是，叶澜依喜欢合欢花，是因为它是果郡王喜欢的花，合欢花中渗透着她对果郡王的深深爱恋。

至死她都永远记得当初的自己屡卧病榻，无人问津，命悬一线之时，是果郡王伸出援手救她活命。那时她对他便已芳心暗许，只可惜他是风流倜傥的王爷，更是她的救命恩人，她深深知道两人身份悬殊，她只能将自己对他的爱深深地、不露声息地埋藏在心里。

叶澜依身处在后宫之中那些安静如处子的妃嫔之中，显得格外的耀眼与特别。她美艳动人、马术超群，驯马场上英姿飒爽，她充满野性、难以驯服。尽管出身低贱，她还是凭着这份与众不同让皇上一见倾心，跳过官女子直接破格为答应，补充被纳入后宫。这份荣宠招来多少女人羡慕忌妒恨，可是她根本从未将此放在眼里。她的心中挚爱着果郡王，皇上的霸道剥夺了她做痴梦的机会，她恨他；二来她打心眼儿里嫌弃后宫这个地方。皇上的册封于她，形同枷锁。只是锁人容易，锁心难。她生就一副傲骨，弱质女子却扬鞭驯兽，有这番气场，凭你是谁，如不合心意，能奈她何？

向来连对着皇上都冷若冰霜的叶澜依，唯有看见果郡王的时候，才会柔情似水，才会展露笑容。她冒着大雨，收集果郡王最爱的合欢花花瓣，真情流露；误以为甄嬛负了果郡王，她仍然护她周全，只因甄嬛是他最爱的女人；知道皇上毒杀了果郡王，她以牙还牙。比起浣碧和静娴设计成为侧福晋，爱得如此霸道，叶澜依的爱纯真、无私，也更让人怜悯。果郡王至死都不知道有一个女子如此为自己付出，而叶澜依也从不计较得到任何回报，只要能看见他的笑容，她已心满意足。

依旧是一个风和日丽的午后，满院的翠碧摇曳，唯有合欢花却欣欣然晕出绯红一片，像羞涩少女绽开的红唇，像腼腆新娘潮出的红晕，叶似含羞草，花如锦绣团。夜合枝头别有春，坐含风露入清晨，任他明月能想照，敛尽芳心不向人。

洞庭烟波渺渺的月夜，一叶扁舟泛波在青山白水之间，扁舟之上楚国俊逸的王子衣袂飘扬。

扁舟一侧，是位正在轻摇船桨的越人女子，她垂着头，半含羞涩地软软清唱："今夕何夕兮，搴州中流。今夕何夕兮，得与王子同舟。蒙羞被好兮，不訾诟耻。心几烦而不绝兮，得知王子。山有木兮木有枝，心悦君兮君不知。"

越女将自己所有纠缠的心事与浓浓的爱意都托付在歌中，向着王子倾诉："能与你同舟共渡，我是如此的荣幸与欣喜，我这颗孱弱的心房正悄悄地爱慕着你而你却浑然不知。"

后宫女人的争斗，为权为利为恩宠为自保，可是这些对于不惜命、心有所属，又鄙视荣华富贵的叶澜依毫无意义。既如此，何须跟这群女人斗？别人送来毒汤，她明知有问题也照喝不误，哪怕给皇后请安她也一样敷衍了事。你来招，她接招，却不还招。旁人眼里她是恃宠而骄，事实是她不屑争斗。

可是得知皇上下毒杀死了自己最心爱的男人，她骨子里的兽性被唤醒了，怎么会轻易原谅？叶澜依使用慢性毒药一日日侵蚀皇上的身体，皇上外表精壮，内里却越来越虚空，直至丧命。被逼急了的女人可以是把温柔刀，刀刀致命。这个后宫，女人再狠毒，也没有哪一个敢要皇上的命，可是她叶澜依敢。就算没有甄嬛相助，她也一样会去做。而她所做的一切，皆为了一个"情"字。

叶澜依就好似那朵象征永远恩爱、两两相对，象征爱情忠贞不渝的合欢花。她愿意拼尽自己的一生去捍卫自己心中坚贞的爱情，

哪怕至死她都没有半分犹豫。

　　暗香飘过，耳边犹似传来叶澜依的喃喃呓语："我只盼你心中欢喜，从不盼你回头、望我……"

千载琵琶作胡语，分明怨恨曲中论

咏怀古迹（之三）

——（唐）杜甫

群山万壑赴荆门，生长明妃¹尚有村。

一去²紫台连朔漠³，独留青冢向黄昏。

画图省⁴识春风面，环佩⁵空归夜月魂。

千载琵琶作胡语，分明怨恨曲中论。

【注释】

一、明妃：指王昭君。

二、去：离开。

三、朔漠：北方大沙漠。

四、省：曾经。

五、环佩：妇女戴的装饰物。

【语译】

千山万岭好像波涛奔赴荆门，王昭君生长的乡村至今留存。

从紫台一去直通向塞外沙漠，荒郊上独留的青坟对着黄昏。

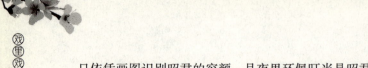

只依凭画图识别昭君的容颜，月夜里环佩叮当是昭君归魂。

千载琵琶一直弹奏胡地音调，曲中抒发的分明是昭君怨恨。

【从诗词看甄嬛】

"千载琵琶作胡语，分明怨恨曲中论"。出现在甄嬛雨夜听自己的女儿胧月弹奏琵琶之时发出的一声感叹。出自于唐朝杜甫的《咏怀古迹》其三。这两句诗是结尾之句，杜甫借"千载作胡音"的琵琶曲调，来点明全诗写昭君和番的满心"怨恨"的主题。汉朝刘熙的《释名》中说："琵琶，本出于胡中马上所鼓也。推手前曰琵，引手却曰琶。"晋代石崇《明君词序》说："昔公主嫁乌孙，令琵琶马上作乐，以慰其道路之思。其送明君亦必尔也。"琵琶本是从胡人传入中国的乐器，经常弹奏的是胡音胡调的塞外之曲，后来许多人同情昭君，又写了《昭君怨》、《王明君》等琵琶乐曲，于是琵琶和昭君在诗歌里就密切难分了。相传"昭君在匈奴，恨帝始不见遇，乃做怨思之歌"。杜甫的这两句诗句写得真切率直，说的是千载之下，人们分明能从昭君演奏的琵琶曲中，听到她那无穷的怨恨。

然而就在这声声怨恨的琵琶古韵之中，我却想起故事之中另一位逝去的女子——襄嫔曹琴默。

曹琴默的身上篆刻着两个字：一个是"忍"、一个是"怨"。少女时代的她作为一个破落人家的秀女被选入宫中，她没有美丽的容貌、没有军功赫赫的哥哥、身居高官的父亲，也没有贴身忠心的妹妹。入宫之后她赫然发现自己在这个比家世、拼容貌、斗才华的名利场中竟然是如此的卑微、无助，两手空空的她作为出身卑微且地位不高的普通妃嫔在夹缝中生存，根本这一生便已然注定是英雄无用武之地！

　　幸亏聪慧的曹琴默还是很快地在后宫这个"大染缸"之中上下陶潜、摸索出一条格外现实的真理——身为妃嫔，想要在偌大的美人如云的后宫中屹立不倒，美貌与出身固然重要，但是拥有聪明的头脑懂得时时刻刻、分分秒秒审时度势更重要，是必不可少的！

　　她深谙自己既无过人之资，也无雄厚的家族势力可以撑腰，想要在后宫占有一席之地的确是件难事。于是聪明如她，从一开始便瞄准了当时后宫之中最为艳丽不可方物、张扬奢宠且家世殷厚的华妃娘娘！

　　于是曹琴默开始紧紧抓住华妃这根救命稻草，费尽心思地讨好她，帮她出谋划策，为的无非就是让自己能在众妃嫔之中崭露头角。否则光靠她那微薄的几乎没有的"一己之力"，是断断不可能在这充满变数的后宫中有所作为，说不定哪一天稍有不慎，还会搭上自己乃至宫外九族的性命！

　　看着曹琴默的故事，我想起后院花园里头那株坚韧茂盛、紧紧依附、缠绕着竹篱笆高高攀爬在墙头屋顶上的忍冬。这种植物开出的花，便是我小时候最不喜欢的一味中药——"金银花"！

　　由于忍冬花初开为白色，后转为黄色，因此李时珍在《本草纲目》中将忍冬花唤做"金银花"。金银花自古被誉为清热解毒的良药。它性甘寒气芳香，甘寒清热而不伤胃，芳香透达又可祛邪。金银花既能宣散风热，还善清解血毒，实在是一味家居必备的良药，唯一让我无法忍受的是将它煮成药水之后的那股苦涩味道了。兴许这样的味道，与忍冬花的传说有关吧。

　　传说从前在浙江某个小小山村里，有一对活泼可爱的孪生姐妹，姐姐叫金花，妹妹叫银花，她们性格相同姐妹情深，每天玩耍、吃饭、睡觉都在一起，形影不离。忽然有一天姐姐金花浑身发

热，遍体红斑。大夫说是"热毒病"，无法医治，妹妹银花听后哭得死去活来。姐姐心疼妹妹，叫她赶紧离开，免得传染。可是妹妹说："我不怕，我一定要和姐姐在一起！"于是银花寸步不离、日夜侍候在金花的病床前。不久之后，银花也开始发病卧床不起了。姐妹俩悲愤地对阿爹阿娘说："这是天意，我们死后，一定要变成一株能治'热毒病'的草药，以便救治患这种病的人……"说到这里姐妹俩同时合眼离世。爹妈按她俩的意愿，含泪把她俩合葬在一起。

翌年的春夏，金花银花小姐妹俩的坟头上竟然生出一棵绿叶山藤，渐渐茁壮成长……三年过去了，藤蔓茂盛粗壮，夏天开出先白后黄、黄白相间的花朵，人们采花入药，用来医治热毒病，果然神效。从此，人们便把这种花称为"金银花"。

无论从哪个角度来分析，曹琴默的的确确是华妃曾经的、必不可少的苦口良药——"忍冬花"。她跟丽嫔同为华妃的左膀右臂，平日里少不了帮其出谋划策。只是论起这心机和头脑，丽嫔定然远远不及身份地位都比她低很多的曹琴默的。不管是当初曹琴默帮着华妃陷害其他嫔妃或是为了她自保而立时装出来的可怜扮相，都足以被我们用来作为例证，证明她一直是个很有想法、很有点子、很有谋略的女人。不过这也恰恰是她唯一可以使用的资本，因为精明如她深深知道自己唯有好好利用自己仅有的这个资本来帮助华妃，才能间接地为自己谋到好处，只要华妃能在宫中屹立不倒，自己也就能紧紧地依附着她的势力在宫闱之中熬到自己的出头之日。

后来的一段日子里，也算是天遂人愿吧，一直小心依附着华妃的曹琴默如愿地生下了温宜公主。作为一位母亲，她的心情就更为焦灼了，因为她此刻肩头挑着的重担，再不仅仅只是自己的前程

了，她还背负着自己襁褓之中的小小孩子的幸福未来。无论如何，她必须迫使自己在这后宫中小心谋略、步步为营。她清楚地知道，唯有自己深深稳稳地扎根后宫，地位越来越高，女儿温宜日后的前途才能有所保障。否则女儿往后一生也必将如自己一样步步惊心、叵测难料的。

但凡世间的女人，从小家碧玉到大家闺秀、从足不出户的居家女子到叱咤商场的女强人，她的心说到了底都始终是柔弱的，即便她再强大再厉害，内心深处终究是需要一个依靠的。但是深宫之中的曹琴默真正的依靠不是华妃，更不是皇上，而是她自己。虽然她终日混在华妃一处，表面上看似十分亲密，可她自己心里却是十分清楚的，靠天靠地不如靠自己！自己与华妃走得再怎么近、靠得再怎么亲，自己都不外乎只是她眼中的一颗棋子罢了。这颗小小"卒子"趟过大河，便可以为华妃摆平一切的敌人、扫清所有的障碍。但如果有一天小小"卒子"落了难，或者是让华妃感觉已经失去了利用价值，那么她也将变得岌岌可危。以华妃的性格，向来唯有"丢车保帅"来成就自己的辉煌，而不会为了这一颗小小的卒子乱了整盘的棋局的。所以华妃一族彻底落败的时候，曹琴默果断地站了出来揭发了她的重重恶行，给了皇上一个处置华妃的理由，而自己也因此一跃成为了襄嫔。

"螳螂捕蝉黄雀在后"向来是自然界弱肉强食的生存规则，曹琴默斗败了华妃，终为自己赢来了嫔位，为温宜赢为了未来，却未想到这反而为自己惹来了杀身之祸。背叛旧主，彻底帮助皇帝清除了心头大患固然极好，但是精明如皇帝，清醒如太后，怎么可能容忍这样一个心机颇深又心狠手辣的女人留在后宫？坚韧而隐忍的曹琴默算计了半生，最终还是搭上了自己一条鲜活的生命。

曹琴墨，终究死了，她短暂的一生是功是过、是善是恶，终究

只能由世间之人按照各自的看法与见解去评说。只是人言纷纷，谁
又能真正体会她这朵坚强而隐忍的忍冬花身在劣境的怨恨与无
奈呢？

公主琵琶幽怨多

古从军行

——（唐）李颀

白日登山望烽火^一，黄昏饮马^二傍交河。

行人刁斗风沙暗，公主琵琶^三幽怨多。

野云万里无城郭，雨雪纷纷连大漠。

胡雁哀鸣夜夜飞，胡儿眼泪双双落。

闻道玉门犹被遮，应将性命逐轻车^四。

年年战骨埋荒外，空见葡萄入汉家。

【注释】

一、烽火：古代一种警报。

二、饮马：给马喂水。

三、公主琵琶：汉武帝时以江都王刘建女细君嫁乌孙国王昆莫，恐其途中烦闷，故弹琵琶以娱之。

四、"闻道"两句：汉武帝曾命李广利攻大宛，欲至贰师城取良马，战不利，广利上书请罢兵回国，武帝大怒，发使至玉门关，曰："军有敢入，斩之！"两句意谓边战还在进行，只得随着将军去拼命。

【语译】

白天登山观察报警的烽火台，黄昏时牵马饮水靠近交河边。

昏暗的风沙传来阵阵刁斗声，如同汉代公主琵琶充满幽怨。

旷野云雾茫茫万里不见城郭，雨雪纷纷笼罩着无边的沙漠。

哀鸣的胡雁夜夜从空中飞过，胡人士兵个个眼泪双双滴落。

听说玉门关已被挡住了归路，战士只有追随将军拼命奔波。

年年战死的尸骨埋葬于荒野，换来的只是西域葡萄送汉家。

【从诗词看甄嬛】

《古从军行》是唐代诗人李颀的作品。且让你我随着大漠黄沙与猎猎旌旗走进这四野茫茫的战场之中吧。那时将士们的军旅生活是相当紧张而艰苦的，白天将士们要轮流着爬上山去观望四方有无代表战斗的狼烟烽火；黄昏之后又要拉着战马到战场周围的小河边上去饮水。黑魆魆的山，莽苍苍的黄土，无声无息。阵阵烈风冷彻骨髓，风沙弥漫，一片漆黑，只听得见军营中巡夜的打更声，以及那如泣如诉的幽怨的琵琶声混杂在一起，幽怨而哀伤。置身军营之中，四顾荒野，大雪荒漠，夜雁悲鸣，死亡的气息漫上心头，悲凉是唯一的注解。

胧月是甄嬛的第一个孩子，兴许是尽得了甄嬛的遗传，自小便聪明伶俐，甚得皇帝的喜爱。这一夜里，细读书中胧月在雨夜里头弹奏琵琶是念及的一句诗句"公主琵琶幽怨多"让我止不住开始担忧起宫中那几位公主的命运来了。

中国历朝历代有成百上千个公主，可是她们绝大多数只在史册上留下可怜巴巴的寥寥数字，记载着她们的封号和她们丈夫的名字。

　　"公主琵琶幽怨多"，这样简简单单一句唐诗，里头便讲述着一个关于"公主和亲"的真实的故事。

　　刘细君是汉朝江都王刘建的女儿。元封六年（公元前105年），汉武帝将她封为公主，远嫁到番外乌孙国，做国王昆莫猎骄靡的右夫人。婚礼的风光并不能掩盖政治联姻的实际用意，尽管此时的西汉王朝已相当强盛，经过大将军卫青、霍去病的彻底打击，匈奴已经远离漠北，可是汉武帝仍不得不采用安抚兼武力的办法积极打通西域各国，联合防御匈奴，乌孙国就是主要的争取对象。《汉书·西域传》记载："乌孙国，去长安八千九百里……不田作种树，随畜逐水草，与匈奴同俗。民刚恶，贪狼无信，多寇盗，最为强国。汉元封中，遣江都王建女细君为公主，以妻焉。赐乘舆服御物，为备官属宦官侍御数百人，赠送甚盛。"

　　就这样，一枝深宫里的娇艳花朵注定要在西域的浩渺风沙中摇曳，没有人眷顾她有多么的娇弱无助，没有人思量她有多么的恋恋不舍，满朝文武都在赞颂天子高瞻远瞩的英明决策。一个小女子的远行竟能够蕴含着千军万马的能量，又有谁会去关心那个乌孙国王年纪老迈，且与公主言语不通呢？面对父母之邦的冷漠，细君公主只有将哀怨抛向苍凉的大地。不过，她留下了她的琵琶，还有她的幽怨，让史书枯涩的记载变得鲜活生动起来。

　　相传细君精通音律，妙解乐理，乐器琵琶创制的直接原因，就是细君远嫁乌孙。晋人《琵琶赋·序》云："汉遣乌孙公主，念其行道思慕，使知音者裁琴、筝、筑、箜篌之属，作马上之乐。"唐人《乐府杂录》中记载："琵琶，始自乌孙公主造。"

　　《汉书·西域传》里抄录着她的悲歌："吾家嫁我兮天一方，远托异国兮乌孙王。穹庐为室兮毡为墙，以肉为食兮酪为浆。居常土思兮心内伤，愿为黄鹄兮归故乡。"

　　这首诗传到汉地，连汉武帝也感慨万千，于是时常派特使携带珍贵礼物去慰问细君，想必细君只有一声叹息，惨然苦笑，金银珠玉怎抵思乡情深？

　　细君远嫁的第二年昆莫猎骄靡就死了，其孙岑陬军须靡继位。按照西域风俗，新国王将继承前任国王的妻妾。细君上书汉武帝，表示自己不愿再嫁他人，而天子却赫然命令"从其国俗，欲与乌孙共灭胡"。自始至终，细君虽名为公主，但终究只是一枚任人摆布的棋子，一个看似尊贵的符码，为了大一统这个冠冕堂皇的理由，作为政治的祭礼，牺牲着自己的青春年华。细君公主在大漠悄然陨落了，她只能祈祷她的灵魂能够回归故乡，实现那个"愿为黄鹄兮归故乡"的梦想。

　　细君死后，另一位汉朝公主刘解忧嫁到乌孙国，延续着亲善的使命。解忧公主在乌孙生活了半个多世纪，共嫁两代三任国王，生育多个子女。后来乌孙国内几经离乱与统一，国势日下，公主上书，"愿得归骸骨，葬汉地。天子闵而迎之，是岁，甘露三年也。时年且七十，赐以公主田宅、奴婢，奉养甚厚，朝见仪比公主"。两年后，解忧公主死，终年七十二岁。解忧归汉后，又过了十八年，才有尽人皆知的昭君出塞的故事。

　　我们读历史，许多英雄人物熟记在心，卫青、霍去病、李广的雄才大略，苏武、张骞、班超的忠义智勇，我们读惯了"但使龙城飞将在，不教胡马度阴山"，但念一念"公主琵琶幽怨多"，也别有一番滋味在心头。毕竟，蜿蜒绵长的国界线，不仅流淌着男人的血，也曾经流淌着女人的泪。

　　因为有了李颀在诗中如此的渲染，所以从古至今，人们都纷纷感叹着诗中那位弹着琵琶、怀着满腔悲怨被送往和番的可怜公主。"公主琵琶幽怨多"，成为人们心中一道难以平复的感叹与担忧。

绿酒一杯歌一遍

长命女^一·春日宴
——（五代南唐）冯延巳

春日宴，绿酒^二一杯歌一遍，再拜陈三愿。

一愿郎君千岁，二愿妾身常健，

三愿如同梁上燕，岁岁长相见。

【注释】

一、长命女：词牌名。

二、绿酒：古时米酒酿成未滤时，面浮米渣，呈淡绿色，故名。

【语译】

春日欢宴，喝一杯新酒，欢歌一遍，再拜天地，许下三愿。一愿郎君长命千岁，二愿妾身保持康健，三愿像那梁上的双飞燕，年年岁岁经常见。

【从诗词看甄嬛】

五代南唐词人冯延巳的一首《长命女·春日宴》写的是某个春

日里的一场喜宴，酒过三巡，便有女子向着自己的夫君祝酒陈愿。只听得她委婉的语调如同枝头浅唱的黄莺一般温柔，含情脉脉地、满怀喜悦地吟诵着："浮云尽散、明月朗朗；清清池塘、并蒂莲开；鸳鸯戏水、红裳翠盖；但愿郎君常在，奴家长好，但愿能永远这么双双对对、恩恩爱爱，郎君与我定要似那梁上双宿双栖的燕子一般缠绵恩爱，团圆美满，天长地久不离分，柔情蜜意徜徉人间……"

《甄嬛传》中，这一阙词也曾经出现过。那时，皇帝对甄嬛和果郡王的私情已经有所怀疑，所以假意要将甄嬛许给准葛尔和亲，以试探二人的反应。甄嬛便对皇帝叩头，并念了这首词："春日宴，绿酒一杯歌一遍。再拜陈三愿，一愿郎君千岁，二愿妾身常健。三愿如同梁上燕，岁岁常相见。"

同是一阙相同的词，出现在这样的一个场景与氛围之中，它本身所蕴含的那份甜蜜与美好也顷刻发生了翻天覆地的改变。从一场喜宴蜕变成一场离殇。

为了保住挚爱的果郡王，甄嬛唯有出此下策，唯有用自己低声下气的妥协来换取皇帝的信任。那一刻她发现自己再也无法将果郡王藏在心里了，舍弃并不是遗忘，舍弃只是为了更好地掩藏。她爱他，她要竭尽全力地保他安好，所以她唯有不露声色地出卖自己的爱情，她唯有在他的面前流露出对皇帝的一往情深，才能换得他一时的周全。

最终，她毫不犹豫地做到了，她将冯延巳《长命女·春日宴》的甜蜜，变成了一道利刃，斩断了果郡王对自己的深情，将一场春日的喜宴，变成一场苦涩的离殇。

终于，果郡王面色如沉水，躬身告退。

那一段属于甄嬛与果郡王的回忆，此刻正狰狞地嘲笑着他们，那属于旧时的青烟、那属于旧时的明月、那属于旧时的豪雨、那属

于旧时依偎，还有那所有、所有的山盟海誓啊，锁在彼此的深心里，锁在那杯青涩的新酒里，早已消失在滚滚红尘之中。

时间终会改变一切，好梦终究难圆，唯独不知彼此还有多少泪水能够将这些回忆洗刷？相逢无法永远，离别终究难免，此时此刻，她知道自己与他已没有再多的渴求了。只要能保住彼此的一条命，只要还能在这个世上安然而活，便已是残酷人生之中的一场喜宴。

她将所有的祝愿与爱念隐藏在词中，她要她的郎君安好、她要她的郎君千岁、她要她的郎君长长久久……然而此时此刻她唯一能做的，也只是这么多了。

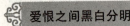
地下千年骨，谁为辅佐臣

咏　史

——（唐）戎昱

汉家青史上，计拙是和亲。

社稷¯依明主，安危托妇人。

岂能将玉貌，便拟静胡尘。

地下千年骨，谁为辅佐臣。

【注释】

一、社稷：旧时用为国家的代称。出处：《韩非子·难一》："晋阳之事，寡人危，社稷殆矣。"《史记·吕太后本纪》："夫全社稷，定刘氏之后，君亦不如臣。"《东周列国志》第二回："却说大夫褒珦，自褒城来，闻赵叔带被逐，急忙入朝进谏：'吾王不畏天变，黜逐贤臣，恐国家空虚，社稷不保。'"社，古代指土地之神，按方位命名为东方青土，南方红土，西方白土，北方黑土，中央黄土。五种颜色的土覆于坛面，称五色土，实际象征国土。古代又把祭土地的地方、日子和礼都叫社。稷，指五谷之神中特指原隰之祇，即能生长五谷的土地神祇，这是农业之神。明孙承宗《答袁节

寰（袁可立）开府》中"而世人省事者少从，有延捱日月，令当事者受其极重不返之势，奈何惟翁力图，所以为社稷远计"。

【语译】

在汉代的史籍记载中，笨拙的计策是和亲联姻。打江山开创国家要依靠英明的君主，而保卫国家的安危就托付女人了。怎么能指望女人的美貌，就以为可以让西北的匈奴稳定停战。长眠地下的列祖列宗告诉我，谁能成为辅助君王的人。

【从诗词看甄嬛】

事情终是要有个了断的，就如某些伤口，溃烂到了一定的程度，就会有危及生命的情况出现了。世上没有不透风的墙，世上更未曾有包得住的火。某些情愫，即便是被小心翼翼地隐藏着，也会有被暴露出来的时刻，只是这样的过程有的发生得很快，有的发生得迟缓而已。

甄嬛小心翼翼地包裹着自己与果郡王的一份爱情，拼尽全身力气地保全着，如同珍宝，是一世不可割舍的记忆。

终于，皇帝还是从诸多的蛛丝马迹中看出了端倪，为了印证自己心中对甄嬛与果郡王私情的怀疑，诱使他们露出破绽，他索性假意要求甄嬛与准噶尔和亲，并安排前来觐见的果郡王恰好在门外听到这一过程。

十七王爷听闻此事后，果然不出所料地做出了血性男儿才有的反应。他再也按捺不住心头的怒火，亟不可待地不等皇帝召见，便推门而进前来阻止甄嬛远嫁的事件。

他的这个表现，着实有"怒发冲冠为红颜"的决绝，那种拼尽生命也要保伊人平安的气度，当真令人钦佩。人生在世，得此男

戏里戏外 看甄嬛 品古诗词的意境

子，还需再渴求什么呢？只愿自己是他眼中的一颗朱砂，只愿自己是他梦中的一抹月光，爱过夫复何求……

然而，众所周知，以皇帝那刚愎自负、多疑的性格，是断断不可能忍辱负重将自己的女人拱手让给别人的，哪怕是亲手揉碎了都好，要他妥协，那可是八辈子都不可能的事情。

可惜作为当事人的果郡王，心中满布着对甄嬛掩藏深深的、永远无法割舍的爱意，才会导致自己当局者迷，来不及仔细掂量皇帝的用意，便贸贸然地一头撞进那张早已为他俩精心布置好的蛛网里头去。他对自己的皇兄说，汉家青史上，最计拙是和亲。臣弟愿意亲自领兵出关，不退准葛尔决不还朝。

急切如此的果郡王并没有看见自己的皇兄此时此刻眼中迸发出来的杀气，因为他的一举一动已经让皇帝明白自己所怀疑的事，是真真实实存在的，果郡王的冲动，便是最好的佐证！

想不到自己的妃子要去和亲，居然让他这个从来与世无争，只愿诗酒相伴的弟弟，如今居然贸然闯殿，自请领兵了。如果只是单纯反对和亲这件事，那么朝瑰公主和亲时，他在哪里，怎么没站出来反对，也没说要亲自去打仗？事隔数年，随着年龄的增长，他应该更成熟，更稳重了吧，怎么换了个人和亲，就把他急成这样？

皇帝不是傻子，甚至他要比狡猾的狐狸还要精明千倍、万倍。这一次，是果郡王的大劫，而且这一次果郡王已是在劫难逃了。

可惜了尚不知大难临头的果郡王还在自己的皇兄面前字字铿锵地引用唐朝戎昱的《咏史》诗句："汉家青史上，计拙是和亲。社稷依明主，安危托妇人。岂能将玉貌，便拟静胡尘。地下千年骨，谁为辅佐臣。"试图说服皇帝放弃让甄嬛去和亲的念头。

《咏史》是诗人戎昱针砭和亲政策的作品。汉家青史上的和亲，是指西汉建立之初，北方匈奴势力比较强大，掠夺财物和奴隶，不

222

断向外扩地，骚扰汉边，给刚刚建立的西汉王朝带来严重的威胁。为了缓和汉、匈关系，西汉朝廷便嫁宗室女与匈奴单于。

对和亲政策的是与非，历来争议颇多。客观地说，多数和亲都达到了一定的政治目的，无论是暂时缓和了战争，还是巩固了统治，都是具有一定的历史意义的。并且和亲必然也会导致各民族间经济文化的交流，有利于民族融合。只是，对和亲的女子来说，其命运无疑大多是悲惨的。和亲本非她们所愿，只是朝廷为了利益最大化，不得不牺牲她们罢了。

大家都知道，以牺牲柔弱女子为代价来换取政治利益的朝廷，也不是多么强大的朝廷。如果一个国家国富民强，军事力量雄厚，那它还怕别人来犯么？它不欺负别国就不错了，还有什么国家敢来冒犯它？这样的强国，自然也是用不着和亲的。

因此，很多反对和亲的声音，除了同情那些被指作和亲公主的女子外，也都一致谴责朝廷懦弱无能，指出江山社稷是要清明的君主加上强干的朝臣来维护的，怎么能推托给柔弱的女子呢？

戎昱的这首《咏史》，显然就是反对和亲政策的。而且，这首诗是借古讽今的讽喻诗。唐代自从安史之乱后，朝政紊乱，国力削弱，藩镇割据，在这情势下，边患还十分严重。而朝廷面对异国的挑衅滋事，一味求和，使边境各族人民备受祸害。所以诗人对朝廷的和亲政策痛心疾首，视为国耻。

这首讽喻诗，写得激愤痛切，直截了当，一针见血。在中唐，咏汉讽唐这类以古讽今手法已属常见，点明"汉家"，就等于直斥唐朝。所以，这诗一上来就说，和亲政策是唐代历史上最拙劣的政策，国家兴盛靠的是清明的朝廷，和亲却把国家安危托付给妇人。这就是企图用女色求得国家的和平，岂不荒谬？制定这样政策的人，怎能算是皇上的忠臣？

　　只可惜向来感情丰富是人类的弱点，人一旦用情过深，便会被感情蒙蔽了自己的思想，导致看不清危险、分不出是非，甚至最终还会白白地搭上自己的一条生命。情之所至，果郡王已经失去了往日里头敏锐的洞察力，他根本不知道就在他引经论典的同时，皇帝已在心中痛下了杀戮的决心。

　　他不知道自己的生命即将走到了尽头，如同狂风暴雨之后凋零了一地的合欢花……

遣妾一身安社稷，不知何处用将军

代崇徽公主意

——（唐）李山甫

金钗坠地鬓堆云，自别朝阳帝岂闻。

遣妾一身安社稷，不知何处用将军？

【注释】

一、金钗：妇女插于发髻的金制首饰，由两股合成。

【语译】

金钗歪了，来不及拾起。云鬓乱了，无心梳正。面对这一路风沙，心中渐盛的，唯有悲愤。自从朝阳关一别之后，帝王啊！你可曾真真正正地想起我的安危？你可曾真真正正在意过我的心声？都说我这一去和亲，便能换得你的江山万年安宁。我只是觉得可笑，既然如此，那么朝廷年年重养着军队又是用来干什么的呢？

【从诗词看甄嬛】

面对常年不息的边关摩擦与纠纷，皇帝颇感头疼不已，于是在某日宴席之上，他有些按捺不住地与众人讨论，想要从几位公主之中选一位合适的人前去和亲，以换取边关数年的安宁和平。最终在皇后的提议下，皇帝决定由自己的亲妹妹担此重任，选嫁和番，

主意已定，各人也开始对这件事件各自开展了一番暗自的掂量与议论，当然在这之间，是幸灾乐祸的居多，同情怜悯的公主的，恐怕就只有甄嬛了。她的一句："遣妾一身安社稷，不知何处用将军？"便流露出了对公主极大的同情。

且让你我以和亲公主的立场为出发点来看待这场表面上风光宜人、背地里毁灭一生的政治婚姻吧。

首先是和亲公主与素未谋面的新郎官年龄的差距。

细数从古至今，作为和亲人选远嫁番邦的公主之中，有几位能真真正正嫁得个如意少年郎的？恐怕人们只能按照自己的理解去臆想、猜测，却没能给出一个确切的答案来吧？毕竟那种郎才女貌、一拍即合、一见钟情的桥段，往往是后人在小说野史之中用绮丽的文字杜撰出来的，事实之中，变数极大，非人所能把握。

也许会有人这么想：老头就老头吧，不要犹豫嫁吧！洒脱一点！假如能够好好地忍个三年五载的，等到对方逝去，便也解脱自由了。

可是，我们都忽略了番邦向来特有的传统了。那就是老藩王去世了，无论继承王位的是他的弟弟、儿子或孙子，和亲公主都得继续嫁给那位继承人！再如果继承人已有正妻，那么和亲公主再嫁就仅仅只能得到个侧室的名份。对于一个自小锦衣玉食、金枝玉叶尊贵无比的公主来说，沦落至此，是何等的屈辱啊！

甄嬛所说的这一句"遣妾一身安社稷，不知何处用将军？"出自唐朝李山甫的作品《代崇徽公主意》。

崇徽公主，是唐朝诸多和亲公主之一，姓仆固，唐朝著名将领

仆固怀恩的女儿。关于她的生卒年月早已埋没在历史的洪流之中难以考证了。

但是可以肯定的一点是在她远嫁和亲之前，她的家族已经有两位姐姐先后远嫁回纥（回鹘）和亲了。其中一位姐姐嫁给了牟羽可汗移地健，被册为"光亲可敦"。光亲可敦在公元768年病死，移地健指名要仆固怀恩的女儿做妻子，于是唐代宗又将封仆固怀恩的幼女封为"崇徽公主"，于公元769年嫁给登里可汗做皇后。而早在公元758年就和亲回纥、拥有唐朝皇族血统的亲王女"小宁国公主"反到位居其下，只当了可汗的妾室。可见仆固氏因父亲是著名将领的缘故，很受回纥和唐朝的重视。

公元779年，登里可汗欲入侵唐朝，被宰相顿莫贺达干杀死，顿莫贺达干既是长寿天亲可汗，又称为"天亲可汗"。此后崇徽公主在回纥的事迹史料再无记载。我们只知道唐德宗在贞元四年（公元788年）十月，将自己的第八女咸安公主嫁给了长寿天亲可汗。据此推测，最迟在公元788年崇徽公主已经去世，否则她就应该按照回纥的收继婚制，继续嫁给长寿天亲可汗为后妃，唐朝也就不会再把咸安公主出嫁回纥了。

崇徽公主嫁给移地健之后生有一个女儿，被称为"少可敦叶公主"或"叶公主"。公元790年三月，叶公主将忠贞可汗毒死。

崇徽公主的兄弟中，后来有的成为回纥的分部首领。

历史的书页中或多或少都对崇徽公主和亲的事件有着记载，对于和亲的使命，公主并不是心甘情愿而去的。但无奈当时朝纲不振，唐代宗不敢断然拒绝移地健的要求，于是公主无可奈何地被迫出嫁。传说和亲队伍途经山西阴地关时，公主曾在石壁下的石头上扶了一把，石头上便留下了她的手痕。

当然，这里的"手痕"一说，可能仅仅只是古代文人们一段富

有浪漫主义思想的杜撰而已。

人们对于崇徽公主的悲情遭遇极度地同情，所以大家情愿相信这个离乡背井的妙龄女子一路之上的怨愤之气郁结于心中不得发，却最终感动了天地，所谓精诚所至金石为开。老天准予公主将自己的悲愤拓印在默默无语却屹立千年的石头之上，无声地谴责着这种极度不公平的"和亲政策"。作为国家栋梁的那些臣子们，事到临头，自己退缩到一边，却将一名无辜的芊芊弱质推出来，让她独自去承担那与幸福无关的、所谓拯救社稷的重任。

正如李山甫的另一首《阴地关崇徽公主手迹》所说："一拓纤痕更不收，翠微苍藓几经秋。谁陈帝子和番策，我是男儿为国羞。寒雨洗来香已尽，澹烟笼著恨长留。可怜汾水知人意，旁与吞声未忍休。"

遣妾一身安社稷，一路之上，黄沙茫茫，与爱情无关，与幸福无关……

春风得意马蹄疾，一日看尽长安花

登科后

——（唐）孟郊

昔日龌龊¹不足夸，今朝放荡²思无涯。

春风得意马蹄疾，一日看尽长安花。

【注释】

一、龌龊：指处境不如意和思想上的拘谨局促。

二、放荡：自由自在，无所拘束。

【语译】

　　以往在生活上的困顿与思想上的局促不安再不值得一提了，今朝金榜题名，郁结的闷气已如风吹云散，心上真有说不尽的畅快，真想拥抱一下这大自然。策马奔驰于春花烂漫的长安道上，今日的马蹄格外轻盈，不知不觉中早已把长安的繁荣花朵看完了。

【从诗词看甄嬛】

　　唐朝诗人孟郊早年生活贫困，为了生计他不得已奔忙飘泊于湖

北、湖南、广西等地，屡试不第，无所遇合。直到他四十六岁那年，才在科举考试中进士及第。

旧时唐朝的科举考试制度是极不简单的，虽然考的主要是明经和进士两科，但混杂在期间的，却还有诸多繁杂的科目，令人颇感招架不暇。

所谓明经科考"贴经"，考题是将儒家经典文句，用纸贴掉几个，要求参加考试的人必须把贴掉的字或文句补写到贴纸上。主要看看参考人死记硬背的能力是否强大，跟参考人实际的文化水平其实并没有多大的关系，只要能"背"就好，至于你对于自己背下来的知识理解与否，这里统统不做推敲。

进士科则是考诗赋，考试形式也较灵活自由，可以考出应考生员的才学。另外，明经科录取者多，约占十分之一二；进士科就难多了，应考生员上千人，录取的不过二三十人。

因此孟郊能在众多参考人之中脱颖而出，考上进士是极不容易的。

按照唐朝的规矩，新考取的进士，朝廷都要他在长安曲江池游宴，并到慈恩塔下题名留念，再骑着高头大马在长安大街上游乐。

此时此刻，面对此番场景，金榜题名的孟郊欣喜欲狂，他就这么在青天白日之下，大庭广众之中兴高采烈地手舞足蹈起来，近乎得意忘形。于是他在狂喜之间随口吟出《登科后》的千古名句："昔日龌龊不足夸，今朝放荡思无涯。春风得意马蹄疾，一日看尽长安花。"

四月十二日是甄嬛的生辰，那时的她刚刚得到皇帝的盛宠。

作为皇帝的新欢，心头所好，自然也就显得格外的炙手可热，在甄嬛生辰即将来临之时，皇帝决定要为她庆生，消息刚一传出，甄嬛宫殿的门槛，差点就被前来送礼贺寿的人给踏破了，尊贵如皇

后，卑微至最末等的更衣，无一不亲自来祝贺并送上厚礼的，即便是向来与她不和的华妃，也在这点面子上往来的功夫做够十足。单单这些还不止，就连宫中服侍的尚宫、内监，也自动自觉地通过各种各样的人脉与关系前来迎奉。

风光无限，是对当时正值盛宠又有孕在身的甄嬛最好的形容。

面对这样的场景，甄嬛禁不住在心中颇为得意，更暗自引用了孟郊的这句"春风得意马蹄疾，一日看尽长安花"来形容自己的际遇。

"春风得意马蹄疾，一日看尽长安花。"只是寥寥的十四个字，便活灵活现地描绘出某种神采飞扬的得意之态，酣畅淋漓地抒发了那份心花怒放的得意之情。

孟郊这两句诗的神妙之处，在于情与景会，意到笔到，言简意赅地将自己策马奔驰于春花烂漫的长安道上的得意情景，描绘得生动鲜明。

按照史上留存下来的记载来推断，唐朝时进士考试是在秋季举行的，发榜则要等到下一年的春天。

这时候的长安，正是春风轻拂、春花盛开之时。城东南的曲江、杏园一带春意更浓，新进士在这里宴集同年，"公卿家倾城纵观于此"。新进士们"满怀春色向人动，遮路乱花迎马红"。由此不难推断孟郊所写的春风骀荡、马上看花的实际情形。

但此时的花红柳绿、姹紫嫣红对于孟郊来说并无半分值得流连。占据在他心头的，是一种自我感觉上的"放荡"与"得意"之情。甚至不单单如此，他还想着要"一日看尽长安花"！

闭上眼睛试想在当时车马拥挤、游人争观的长安道上，怎能容他策马疾驰呢？偌大一个长安，无数春花，"一日"又怎能"看尽"呢？然而孟郊的心中，已被迎面而来的胜利和喜悦、放荡与得意所

占据，他宁可自认为是今日的马蹄格外轻疾，也尽不妨说一日之间已把长安花看尽。

因为心中有了喜悦的冲击，也就不觉得自己的想法与打算有些荒唐了。人，面对突如其来的胜利，总是免不了会有些飘飘然的感觉的。

诗句中的"春风"二字，既是自然界的春风，其实也是皇恩的象征。所谓"得意"，既指心情上称心如意，也指进士及第之事。

而在甄嬛的心中，"春风"其实也即是皇帝的恩宠，她之所以有"得意"的感觉，那是因为此时的她还未曾真正地遭遇打击与失败，还天真地以为皇帝便是她今生最为可靠的臂膀，是她幸福的天地。她以为自己自此可以在皇帝的宠爱下处之泰然、安度一生。

她生辰的前一日，皇帝特意亲自领了贺礼来见她，金屑组文茵一铺，五色同心大结一盘，鸳鸯万金锦一疋，枕前不夜珠一枚，含香绿毛狸藉一铺，龙香握鱼二首，精金筘环四指，若亡绛绡单衣一袭，香文罗手藉三幅，碧玉膏奁一盒。各色时新宫缎各八匹，各色异域进贡小玩意儿一堆……

皇帝这样的出手，实在豪气，当然作为一国之君对待自己的新欢爱妃，这类似于暴发户一般的出手，其实也是极为正常的。但甄嬛那时到底年轻，面对着君王稍稍给点儿的荣宠尤隆，便自觉虚荣心泛滥了。生活在金堆玉砌之中，颇觉触目繁华，欣喜之情溢于言表也是理所当然的事情，才会兀自因为四月的太液池中不见荷花，而暗觉无趣了。

这一时的甄嬛自然是春风得意的，似乎万事称心如意，前途一片光明无限。然而深谙她这一整个故事的我，每每读至此篇，心中却是一片寒凉的。

试问人生得意能几时呢？试问故事终了，谁才是那个稳操胜券

的大赢家呢？

皇后？甄嬛？皇帝？还是其他谁人呢？他们得到了什么，又为此而失去了什么？真的很难权衡。有了权力没了真情，有了富贵没了挚爱，得到了皇权宝座却落得众叛亲离、孤寂一身……每一个人都因为一己的固执而深陷泥潭，最终在利欲熏心之中迷失了最真实的自我。

说到了底，谁都不是真正的赢家。

毕竟，"春风得意马蹄疾，一日看尽长安花"只是一时疯狂的臆想罢了。

往事已成空，还如一梦中

子夜歌·人生愁恨何能免[一]
——（南唐）李煜

人生愁恨何能[二]免[三]，销魂[四]独我[五]情何限[六]！

故国梦重归[七]，觉来[八]双泪垂[九]。

高楼谁与[十]上？长记[十一]秋晴[十二]望[十三]。

往事已成空，还如[十四]一梦中。

【注释】

一、此词调又名《菩萨蛮》、《花间意》、《梅花句》、《晚云烘日》等。此词于《尊前集》、《词综》等本中均作《子夜》，无"歌"字。

二、何能：怎能，何，什么时候。

三、免：免去，免除，消除。

四、销魂：同"消魂"，谓灵魂离开肉体，这里用来形容哀愁到极点，好像魂魄离开了形体。

五、独我：只有我。

六、何限：即无限。

七、重归：《南唐书·后主书》注中作"初归"。全句意思，梦中又回到了故国。

八、觉来：醒来。觉，睡醒。

九、垂：流而不落之态。

十、谁与：同谁。全句意思，有谁同自己一起登上高楼。

十一、长记：永远牢记。

十二、秋晴：晴朗的秋天。这里指过去秋游欢情的景象。

十三、望：远望，眺望。

十四、还如：仍然好像。还，仍然。

【语译】

人一生中什么时候才能将所有愁恨统统忘却呢？它此刻正深深困扰着我，哀愁到了极点，就好像魂魄离开了我的身体，徒留一副躯壳，整日之间如行尸走肉。

昨夜又在梦魂之间重回我那早已消逝的故国，黄粱梦醒，不觉热泪盈眶。

故国景致依旧，却江山不复，我登高凝望，徒留一心伤感。还记得去年秋天，游猎故土，如今却只剩回忆伴我同行。

所有一切已经成空，来时匆匆，去时匆匆，如梦一场。

【从诗词看甄嬛】

在清凉台的那一段日子的某一天，甄嬛曾对果郡王念过李煜的这一首词。

这是李煜后期作品的代表作之一，作于李煜国破家亡、身为俘囚之后，描写的是他对故国、往事的怀思和对囚居生活的悲哀、绝望。即如马令《南唐书·后主书第五》注中所云："后主乐府词云：

戏里戏外 看甄嬛 品古诗词的意境

'故国梦重归，觉来双泪垂。'又云：'小楼昨夜又东风，故国不堪回首月明中。'皆思故国者也。"

李煜被执北赴以后，过的是俘虏的生活，备受凌辱。他不能不追昔抚今，感思故国，但也不能不愁恨满怀、徒唤奈何。

人生愁恨何能免？销魂独我情何限？

从词的一开始，李煜就这样悲愤地追问。

人一生谁没有愁和恨呢？可是为什么命运偏偏要如此残忍地把家愁国恨集于他的一身呢？

"愁"是自哀，也是自怜，是李煜囚居生活的无奈心情。"恨"是自伤，也是自悔，是李煜亡国之后的无限追悔。也正因有如此"愁恨"，李煜才夜夜孤寂"销魂独我情何限"，绝望日益渐生，压迫得他透不过气来。

李煜作为亡国之君，自然对自己的故国有不可割舍的情感，所以定会朝思夜想。可是事非昨日，人非当年，过去的欢乐和荣华只能在梦中重现，而这种重现带给作者的却只能是悲愁无限、哀情不已，所以一觉醒来，感慨万千、双泪难禁。"觉来双泪垂"不仅是故国重游的愁思万端，而且还有现实情境的孤苦无奈，其中今昔对比，抚今追昔，反差巨大，情绪也更复杂。

词的下片续写李煜心中那份往日成空、人生如梦的感伤与悲哀。"高楼谁与上"是无人与上，也是高楼无人之意，他唯有借登高以远眺故国、追忆故乡。故国不可见，即便可见也已不是当年之国，故乡不可回，此恨此情只能用回忆来寄托。

李煜的一句"长记秋晴望"，实是一种无可奈何的哀鸣。昔日的闲逸与今日的孤苦，过去的繁华同现在的凄冷恰好相对，不思尚罢，"痛定思痛，痛何如哉！"

现实中的无奈总让人有一种空虚无着落之感，人生的苦痛也总

给人一种不堪回首的刺激，因此李煜有了"往事已成空，还如一梦中"的感慨。

当你身处的现实中，所有的"往事"真的全部"成空"了。而你却不愿意看到这样的事情发生，多么希望这现实同样是一场梦。于是只有选择逃避。此刻的李煜，也是这样。他的"如一梦"说的不是清醒，而是迷惘，他这种迷惘中富含着太多太多的无奈。

脑海之中，依旧记得《后宫·甄嬛传》最后一集末尾的这个镜头，年暮的甄嬛（尽管此刻的她并不是白发苍苍，但在那样的年代，彼时的甄嬛却也已是花黄渐落，心海沧桑。）躺在自己的锦榻之上，孤单寂寥。随着镜头的缓缓拉远，我的思绪，也便随着那满是沧桑的音乐蔓延。这一刻，一滴珠泪零落，若此生甄嬛不是身陷宫闱，而只是普通民女中的一姝，那该有多好？她与果亲王该会是多么天设地造的一对啊？只可惜造化弄人，荣华富贵的终了，只剩伊人独立，用往后一生的孤独，去怀念这段早已埋没于人世的情感。

这与李煜的这一阙词，竟是如此的相似。

（全文完）

杨冬儿

二零一三年九月十日

参考文献

《后宫·甄嬛传》

《唐宋词鉴赏辞典》

《中国韵文史》

《先秦诗鉴赏辞典》

《名作欣赏》

《字如其人·笔迹心灵解码学》

《庄子内篇齐物论》

《史记》

《旧唐书·列传第一》

《后晋》

《唐会要》

《左传》

《唐诗三百首　宋词三百首　元曲三百首》

《唐诗鉴赏大全集》

《宋书·乐志》

《三十六计》

《全唐书》

《为什么好女人总错过好姻缘》

······

感谢百度、谷歌等各大中文文学网站。

感谢《甄嬛传》作者流潋紫。

感谢各位热心网友及古典诗词爱好者们提供小说《后宫·甄嬛传》的各类文学资料以及各类诗词资料……

感谢每一个热爱文学、珍爱文字的读者。热爱，是对中华传统优秀文化最好的传承。

文中诗歌资料

一剪梅·堆枕乌云堕翠翘——（宋）蔡伸

赠婢——（唐）崔郊

梅花——（唐）崔道融

杏花天影——（南宋）姜夔

海棠——（宋）苏轼

妾薄命——（唐）李白

唐风·绸缪——《诗经》

《宋史·司马光传》："平生所为，未尝有不可对人言者。"

菊花——（唐）李商隐

夜半乐·咏夹竹桃——十二因缘

茉莉——（宋）江奎

楼东赋——（唐）江采苹

木兰花令·拟古决绝词——（清）纳兰性德

怨歌行——（唐）李白

长相思·云一涡，玉一梭——（五代）李煜

菩萨蛮·花明月暗笼轻雾——（五代）李煜

子夜歌（节选）——汉乐府

子夜歌·桐花万里路

洞仙歌·冰肌玉骨——（宋）苏轼

九歌·山鬼——屈原

赞卫夫人书——（唐）韦续

戏里戏外 看甄嬛 品古诗词的意境

咏怀古迹（之三）——（唐）杜甫

古从军行——（唐）李颀

长命女·春日宴——（五代南唐）冯延巳

咏史——（唐）戎昱

代崇徽公主意——（唐）李山甫

登科后——（唐）孟郊

子夜歌·人生愁恨何能免——（南唐）李煜